リモート授業になったら
クラス1の美少女と
同居することになった
When I got to remote class, I had to move in
with the most beautiful girl in my class.
JN131283
When I got to
remote class,
I had to move in with
the most beautiful girl
in my class.
senya mihagi
三萩せんや
ill.さとうぽて

間違いない。
星川はわざと太ももを晒し、
慌てる俺の反応を
楽しんでいるのだ。

吉野叶多
よしのかなた
公園で遥を助けたら
同棲することになった(何故)

ひさかなつき
日坂菜月
遥のことが好きすぎる（吉野は嫌い）
ほしかわはるか
星川遥
機械音痴を演じたら
叶多と同居できた（嬉しい）

汗を吸ったパジャマが、
星川の肌にピタリと貼りついていた。
元からメリハリのある身体のラインが、
くっきりと浮き出ている。
暴力的な胸の膨らみが描く曲線は
地球の重力の影響を受けながらも、
しっかりとその形を留めている。
女子は寝ている時に下着を付けているのかと思ったが、
どうやらパジャマの布一枚のみのようだ。
――なぜ分かるのかというと、
パジャマがはだけているからである。

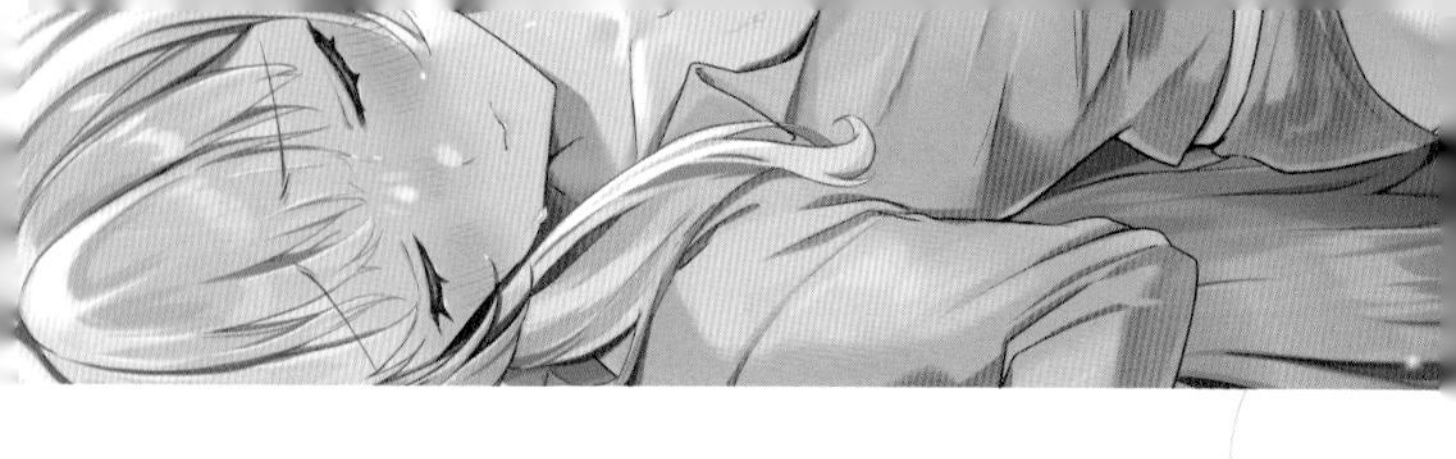

CONTENTS

GA文庫

リモート授業になったら
クラス1の美少女と
同居することになった

三萩せんや

GA文庫

カバー・口絵　本文イラスト
さとうぽて

「プロローグ」

謎のウイルスが大流行し始め、四ヶ月後の春。

今、世の中は緊急事態宣言のまっただ中だ。

会社も学校も、いわゆる〝リモート〟が推奨されるようになった。
気軽に人に会えない世界になってしまったわけだ。
クラスメイトたちは、今日もスマホの画面の中で嘆いている。
外で遊べなくてつまらない、友達に会えなくてつらい、寂しい、誰か構ってくれって。

……でも、申し訳ないが俺は違う。

つらくもなければ寂しくもない。
不謹慎かもしれないが、個人的には、むしろ喜ばしい状況になっている。

When I got to
remote class,
I had to move in with
the most beautiful girl
in my class.

どういうことかというと――

つん。

「うんっ⁉」


思わず出そうになった変な声を呑み込んだ。

急に太ももを触られた感覚があったのだ。

目の前に置いたノートパソコン、その画面の向こうで、女性教師が『うん？』と不審そうな顔になる。どうやら俺の声が聞こえてしまったらしい。

今は、リモート授業の真っ最中だ。

学校の教室で教師が行っている授業に、生徒が各々の自宅にあるスマホやパソコンといった端末からネット接続して参加している。

場所が別々なだけで、他は普通の教室と同じだ。

なぜか制服着用の義務もある。

登校していないのに変なルールだが、学校側が決めたことなので逆らいようがない。


授業中のマイクのオンオフは、教師側で行っている。

今はちょうど解答する生徒側のマイクがオンにされていた。

ちなみに現在オンになっているのは、俺が授業参加に使っているパソコンのマイクではない。

当てられたのが俺ではないからだ。

では、なぜ俺が漏らした声が教師に届いたのかというと……


『今の声は、えーと……？』

「すみません、弟です」

怪訝そうな顔になった教師に、問題を解答していた女子が落ち着いた口調でそう答えた。

『あら。星川さん、弟さんがいらしたんですねー』

「はい、私が使っている参考書を取りに来たみたいで。大変失礼しました」

彼女の言い訳に教師は納得したようだ。再び教科書を読み上げ始める。

ああ、よかった……でも、バレなかったのでセーフだろう。

なお、声の主である俺は彼女の弟ではない。

血の繋がりどころか、これまでクラスの中でも縁が薄かった赤の他人である。

だからだろう。

いま現在、俺たちが同じ屋根の下、二人きりで暮らしているとは誰も思わないらしい。

同じ壁が背景としてカメラに映り込んでるから、教師あたりは気づきそうなものなんだけど……まあ、それだけ俺たちに学校では接点がなかったということだ。当の本人である俺も、未だに信じられないでいるくらいだし。

「ごめんね、吉野くん」

ホッとしていると、隣からそっと謝罪を囁かれた。

俺の太ももをつついて驚かせた犯人――そして、虚偽の発言をした女子に、である。

耳に囁きかけるような声なのは、教師がオフにしたマイクに、それでも声を拾われるかもしれないと懸念してのことなのだろう。

きっと……たぶん、そうに違いない。

いや、そうでなくてはおかしいのだ。


だって、彼女は機械音痴のはずだから。


教師に違和感を持たれないように、俺はさり気なく傍らに目を向ける。

同じ学校の制服を着た美少女が、申し訳なさそうな上目遣いでこちらを見つめていた。


評するのも馬鹿らしくなるほど見事な美少女だ。


流れ落ちるような、色素が薄くてサラサラの綺麗な長い髪。

きめの細かい白くてすべすべの肌。

品のある顔立ちの中で特に印象的なのは、覗き込めば吸い込まれそうな迫力すら感じる大きな瞳だろう。まあ、俺のほうから覗き込んだりすることはないのだが。

そして……外ではマスクに隠されて見ることができない、桜の花びらのような唇。


彼女は、顔がいいだけじゃない。

身につけた制服ごしに分かる、モデルのようにほっそりとした身体。

その華奢な身体には不釣り合いなほど――暴力的なまでの、胸のふくらみ。

一体、何を食べたらこんなに育つんだろう。どうして栄養が一部分にだけ集まって……いや、これ以上はよそう。宇宙の不思議として処理しておけばいいことだ。


彼女の名は、星川遥。


旧家の出のお嬢様だとかなんとか噂される、学年首席の超優等生。

そして、クラス一の美少女だ。

俺はクラス外の女子をほとんど認識していないので比べようがないが、クラス一どころか恐らく学校一……いや都内一の美少女と言っても過言ではないかもしれない。

なぜなら、彼女のモテエピソードは枚挙にいとまがないのだ。

日に十回も告白されていた時期があるとか、一ヶ月に振った人数が三百人超えだとか（先の話と計算も合う）、有志の投票による学内の彼女にしたいランキング三期連続一位だとか……ちなみに星川入学からトップは更新されていないらしい。

そんなわけで彼女は、高校ではちょっとした有名人だ。男女学年問わず、憧れからみなが遠巻きにしている。

そして、俺・吉野叶多も、その遠巻きにしていた一人。

当然、彼女をこんな至近距離から眺めることもなかった。

高一の時にも同じクラスだった彼女と交わした会話は、たった一度きり。以降は国や知事から言われるまでもなく、自然とソーシャルディスタンスを取りまくりだった。

だというのに、今は油断すると肩と肩とが触れるような距離にいる。

あの星川遥が、すぐ隣にいて、俺を見て、話しかけてきている……正直、未だに信じられない。

話を戻そう。

教師によってオンにされていたのは、彼女のパソコンマイクだった。先ほどはそこに俺の悲鳴が入り込んだのである。

星川が俺の太ももをつついたのは、何か用があったからなのだろう。

さて、学年首席の才女である彼女は、なぜかビックリするほどの機械音痴だ。

その聡明さからはあり得ないような気もするが、スマホやパソコンに限らず機械なら何もかにもが使えないらしい。

クラスの誰も知らない事実だ。俺も知らなかった。

まあ……だからこそ、知らされた俺が、ここ――星川の家にいるのだけども。

「……どうかした?」

俺は口元を隠すようにして星川に理由を尋ねた。

パソコンに問題でも起きたのだろうか?

授業中の私語が教師にバレないように、ノートを見ている素振りで隣に目をやる。

星川はというと……その唇に、微かな笑みを浮かべていた。

笑いを隠そうとして、しかし滲み出てしまったかのようだ。

長いまつ毛に縁どられた大きくて綺麗な目が、悪戯をしようとしている猫のようにらんらんと輝いている。

その表情に、俺は理解する。


――触れられて慌てる俺の反応を見て、星川は楽しんでいるのだ、と。


「えっと……パソコンの調子が変だったんだけど」

「どれ?」

「んー、操作が上手くいかなかったんだけど……直ったかも?」

「そっか。ならよかったよ」


言って、俺は自分のパソコン画面に向き直った。

……まったく、星川には困ったものである。

俺がもっと煩悩の塊みたいなやつだったら、今頃こんな余裕に満ちた顔なんてしていられないというのに。ボディタッチとか気軽にするものじゃないぞ。

俺が紳士だったことに感謝して欲しい。そう思って無視した……ところが、

「んぬっ⁉」

また変な声が出た。

今度は脇腹をつつかれたのである。

マイクには拾われていなかったが、ちょっと仰け反ってしまった。テーブルにぶつかった衝撃で置いていたパソコンの位置がズレた。

なんなんだ一体？

そう視線で尋ねようとして――俺は硬直した。

星川の、白い太ももが露わになっていたのだ。

彼女は気づいていないのか、明後日のほうを見ている。

……いや、これは気づいていないわけがない。わざとだろ。

だって、耳が赤くなっているのだから。

あ、わざとらしく「こほん」とか言って咳き込んだ。

星川は授業中にわざと太ももを晒し、慌てる俺の反応を楽しんでいるのだろう。

……だが、俺の勘違いってこともある。

星川は本当に、自分のあられもない状態に気づいていないのかもしれない。

それなら、このまま眩しい太ももを晒させ続けるのもどうかと思う。

スカートが捲れている女子を放っておけるかという問題だ。

これが何らかの拍子にパンツまで見えてしまったりして、もし教師の見ている画面に映り込んでしまったりしたら、寝覚めが悪い思いをすることになる。先生は女だけど、そういうのたぶん性別関係なく見られたくないだろうし。

それに、女子は身体を冷やさないほうがいいらしいし。

そんなわけで俺は、気づかれないように星川のスカートを摘んで、そっと元に戻した。

「……ッ」

星川がビクッと震えた。

あ、やばい……さすがに気づくか？

そう思って彼女の顔を確認する。

勝手に触って悪かった、と謝罪するつもりだった。

けれど、星川は何事もなかったかのように明後日のほうを向いていた。


「ど……どうかした吉野くん？」


視線にやっと気づいた様子で、星川は視線を俺に向けてきた。

耳が赤いと思ったら、顔も赤い。若干(じゃっかん)、頬(ほお)も引きつっている気がする。

まあ、引きつりそうなの、スカートを勝手に触ってた俺のほうなんだけど。


「あー……その。スカート、捲れてたから」

「えっ、そうだったの……ごめん、ありがとう」

「顔赤いけど、体調、悪くないか？」

「べ、別に、大丈夫」

「そっか。なら、いいんだけど」

小刻みに震えていたようだが……スカートが捲れて寒かったのだろうと思うことにする。

だいたい本人が大丈夫だと言うのだ。それ以上の心配は不要だろう。

でも、あとで温かい茶でも淹れてやるかな。

確か、キッチンに紅茶缶があったはずだ。冷蔵庫には牛乳もあったし、ロイヤルミルクティーにでもしてやろう。機械音痴の星川には作れまい。

……って言っても、星川の家なんだけどな、ここ。

◆

さて。

繰り返すが、今、世の中は緊急事態宣言のまっただ中だ。

授業は、こんな風にリモートで行うことになった。

学校に通えない、クラスメイトたちにもリアルでは気軽に会えない、外で遊び歩くこともできない、以前よりもちょっと息苦しいそんな世界になってしまったわけだ。

学校からの連絡だけじゃなく、友人同士の連絡も、すべてオンラインで取り合っている。

もし誰かとリアルで会ってることがバレたら厳罰もの……そんなひりついた空気すら満ちていた。

だが、俺はこの緊急事態宣言の下で、つらくもないし寂しくもない。

学校中の憧れの的である美少女・星川とマンションの同室で一緒に暮らしているからだ。

クラスメイトだけでなく教師たちにすらも秘密にしたまま、俺たちは同じ空間で、隣り合った状態で、授業を受けているのである。

世間がリモートで社会的距離を取っているのに、俺は星川とリアルで一番近い距離にいるのだ。

でも一つ。

彼女には、ちょっとした問題があった。

致命的に機械音痴という問題が……

……そして。

それが演技で、俺にまったくバレていないと思っているという問題が。

遥の非公開ダイアリー①

告白します。

私、星川遥(ほしかわはるか)は嘘(うそ)をついているということを。

私は、機械音痴などではない。

最新鋭の全自動洗濯乾燥機だって、料理上級者向けのシステムキッチンだって、問題なく使える。スマホも据え置きのゲーム機も、操作にはまったく問題ありません。

当然だ。

だって、私は頭がいい（ドヤ）。

勉強はちょっとやれば分かる。テストはいつも満点だし、成績は五段階評価のオール五。

苦手なことは、あまりない。人を頼ることも、ほとんどない。

だから、高校生になってすぐに一人暮らしができていたのだ。それを許されたのも、両親

When I got to
remote class,
I had to move in with
the most beautiful girl
in my class.

から「遥なら問題ない」とお墨付きを貰ったからである。
　そんな一人暮らし歴も、もう一年になる。

　そういう人間が機械音痴であることは、あるのかもしれない。
　スマホもパソコンも使えないどころか、触っただけでおかしなことになったり、全自動洗濯乾燥機やシステムキッチンだって、どう使ったらいいのか分からず途方に暮れることも――まあ可能性の話だ。あるかもしれない。

　けれど、私は違う。

　……でも、吉野くんは、私が機械音痴だと思っている。
　私が吉野くんにそう思わせているからだ。

　そのほうが、吉野くんに甘えられるから……。

　インテリの近寄りがたい女・星川遥ではなく、一人の女の子・星川遥として見てもらいたい……だから、私は機械音痴を演じることにしたのである。

あの日、あの夜。
公園のベンチに、一人きりで横たわる吉野くんを見つけた時に。

第一話　美少女とWi-Fi

俺が星川の家に住むようになったのは、遡ること三日前のことだった。

四月。

高校二年目が始まって、緊急事態宣言の発令後、最初に迎えた金曜の夕方。

今日までは通常どおりの登校だったものの、授業は教師も生徒もマスクを付けたまま。

さらに週明けからは、世間的には早々に全校リモート授業に切り替わることになっている。

そして俺は、高校の学生寮で暮らしていた……この日までは。

「なんだ、これ……？」

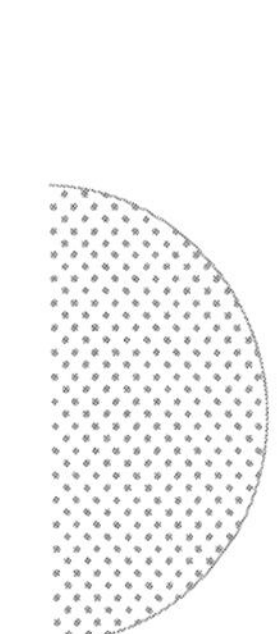

When I got to
remote class,
I had to move in with
the most beautiful girl
in my class.

授業が終わり、学生寮に帰ってきた時だ。

俺は、黄色いテープが張り巡らされた入り口を前に途方に暮れてしまった。

テープには『立入禁止』の黒い文字が並んでいる。

外にいた寮の管理人であるお爺さんを見つけたので、摑まえてわけを聞く。

どうやら寮生から例のウイルスの感染者が出たようだ。

それで寮の中をまるっと消毒することになったらしく、このような状態になっているという。

「マジすか、大変っすねー……で、中には何時頃に入れるんでしょうか？」

「残念だけど当分入れないねー」

「当分……？」

「学生寮、今日から閉鎖することになっちゃったからねー」

ゆっくりとした危機感のない間延びした声で、管理人さんが「困ったねー」と言った。

いや、ちょっと待って……

閉鎖？　当分、中に入れない？

「いやいや！　だって荷物とか中にありますし、住んでるところなのに入れないとか――」

「みんな荷物はそのまま、それぞれ実家に退避したよー」

「え……もう他の人たち、退避したんですか？」

「うん。寮は消毒するまで入れないし、集団感染が発生すると困るから、当分のあいだ閉鎖だよー。再開の目途が立つまで実家に戻るよう、寮の子には説明するようにって言われててねー……ああ、そっか、君が最後だよー」

「もしかして俺のこと忘れてました？」

「ごめんね、今まで忘れてたよー」


申し訳なさそうに管理人さんが言う。

確かに今日は授業が午前のみだったというのに、そのあと居残って部室で掃除してパソコン弄って……とやっていたら寮に帰ってくるのが夕方になってしまったわけだけども。

まさか、こんなことになっているとは。しかも忘れられてるとは。

っていうか、みんな退避するの早くないか？

……まあ、ここでゴネたところで、中に入れてもらえそうにない。

仕方がないので、母親に電話することにした。帰省することになりそうです、と。

⬅

通話を切ったスマホを握りしめたまま、俺は思わず空を仰いだ。

「普通に断られるとはな……」

帰省するなと言われた。

仕方がないので、片手で数えられるほどしかいない友達も当たってみた。

『ごめん、無理』

『親がだめだって……』

『グッドラック！』

三連続でお断りされた。

夕暮れが目に染みる。カラスが鳴いている。けど、俺には帰る家がない。

「……仕方ない。ネカフェにでも行くか」

誰(だれ)に言うともなく、俺は歩き出した。

向かったのは、駅前にあるネットカフェだ。


よく言うではないか。帰る家がないとか帰宅難民になったとか、そんな非常時には、手軽な金額の漫喫かネカフェに泊まるのだと。

それに、ネカフェなら個室になっている。

声さえ出さなきゃ週明けから始まるリモート授業にも参加しようと思えばできる環境だ。


……ひとまず今夜の宿を確保してから今後のことを考えよう。

学校から生徒に貸し出されたノートパソコンは、持ち歩いていたため幸いにして手元にある。

拠点さえあれば、電源が確保できる限りなんとかなるだろうさ。

そう、どうせなんとかなるって。焦(あせ)らない。焦らない……


「申し訳ありません。高校生の方のご利用は二十二時までとして……」

ネカフェに意気揚々と入店した俺は、そんな言葉を背に失意で退店した。

品行方正に生きてきた俺には縁遠いルールだったので失念していた。夜は大人の時間だってことを。


ネカフェや漫喫だけではない。

どこの店も——二十四時間営業のファミレスも、明け方まで開いてるカラオケも——高校生以下の子供は深夜に利用できないのだ。

しかも、よりにもよって俺は制服姿である。

まあ、着の身着のまま放り出されたわけだからな……。


「ホテル……は高いな」


スマホで近場を検索してみるが、資金的にアウトだ。

両親の援助も期待できない長期戦になるかもしれない。それを考えると、資金というにはあまりに脆弱（ぜいじゃく）な手持ちの金を減らしたくない。

現在の俺の手持ちは、二万円。

正月に帰省した時に祖父がくれた、俺の生命線だ。大事に使おう。

それにしても、状況からしてお先真っ暗な気がするな。さすがに焦る。

というか、気づけば辺りが物理的にもう真っ暗だ。

途方に暮れたままモグドナルドで晩飯のハンバーガーを食っている間に、すっかり夜になってしまった。

いよいよ非常手段を取らねばならないようだ。


「……野宿、するか」


学生たちの姿がまだあるモッグの店を出た俺は、駅から徒歩五分ほどの場所にある緑の多い公園に向かうことにした。

幸い、季節は春。

桜もほとんど散り、初夏に向かう気候は穏やかで肌寒さもない。

「ま。野宿くらいで死にゃあしないだろ」

自分に言い聞かせるように呟く。

変なウイルスにかかってたら分からんけどもな。

寝床は、人通りの多そうな場所にあるベンチに陣取ることにした。

人目がないところだと身の危険が高まるし……それに、もし警察に補導されたら、逆に暖かい寝床にありつけるかもしれない。

そんな不健全な期待を胸に、俺は今晩、人生で初めての野宿をすることに――

「――ん？」

とっとと寝てしまおうとベンチに横たわった時だ。

その体勢のまま、俺は目を凝らした。

誰かが歩いてくる。

姿形からして、女の人のようだ。

背中に垂らした長い髪。モデルのようなほっそりとした身体つき。

時々立ち止まりながら、足首まである桜色のスカートを揺らしてゆっくり近づいてくる。

俺と同じくマスクをしているが、それでもなんとなく美人だと分かる。すらりとした立ち姿に、街灯に照らされた夜の景色と相まって見惚れてしまった。

というか、あれは……


「……星川遥？」


見覚えのある見目麗しい容姿に、思わず呟いてしまった。

俺と同じ学校・同じクラスに通う、学年首席の美才女だ。

離れた場所から見てなぜ分かるのか……それは同じ教室で過ごしている間も、俺は彼女を離れたところからばかり見ていたためである。

あそこまでスタイルのいい人間はあまりいない。そのため彼女のシルエットを覚えてしまっていたようだ。

……うん、変態っぽいな俺。

加えて、星川は佇まいに品がある。それを遠目に感じさせる人間もあまりいない。
だから彼女は教室にいても、自ずと周囲の人間たちから浮かび上がって見えていた。俺がよく彼女を目で追ってしまっていた言い訳ではない。
……………やっぱり変態っぽいな俺。

とはいえ、雰囲気のよく似た別人という可能性もある。

俺はベンチに横たわったまま気配を殺し、彼女の様子を観察することにした。
なんだか変質者にでもなった気分だ。

ふと、星川らしき女と、目が合った。

……気がしたのだが、勘違いだったのか目を逸らされた。

どうやら、別に俺を目指して歩いてきているわけではないらしい。
何かを探すようにキョロキョロしている。

ちょっとずつ歩いては立ち止まり、そのたびに宙に何かを振りかざすという奇妙な動作を繰り返している。

あれは……スマホ？

桜の写真でも撮って――いや、違う。

……あの人、スマホぶんぶん振って何してんの？

かなり集中しているようだ。

ベンチに人が横たわっていることにも気づかず、ペンライトか何かのように宙でスマホを振る奇行を見せながら、どんどん近づいてくる。

さっき目が合った気がしたけど、本当に見えてなかったんだな……

「ど、どうしようー困ったなーわいふぁいが捕まらないなー」

……なんで棒読みなんだ？

それに、こっちチラチラ見てる気がするんだが……いや、今、目ェ合っただろ？　あ、ま

た逸らした。見なかったフリした。

なんなんだあいつは……何をしてる……?


奇行を観察している間にも、彼女はどんどん近づいてくる。

そしてとうとう、俺が横たわるベンチの前まで来てしまった。

顔がはっきり分かる近さ——というか手を伸ばせば触れそうな距離から見て確信する。


やはり同じクラスの星川遥だ。


俺がいることには、まだ気づいていないらしい。

……嘘だろこの距離だぞ。

まあ俺はクラスでも影がめちゃくちゃ薄いほうだ。授業で当てられる回数のワースト記録を持っているはずだし、星川が気づかなくても仕方がないのかもしれない。

スカートが目の前をヒラヒラしている。

行ったり来たり……で、なんでこの子、俺の前から移動しようとしないんだ?

「──あの」

「ひゃいっ⁉」

しばらく見守ったのち声をかけると、星川は飛び上がった。

俺は、慌ててベンチから身体を起こした。

「悪い。急にすぐそばから声かけたら驚くよな」

「ううん！　全然、急じゃない──じゃない！　びっくりした！　そう、びっくりしたの！」

「お、おう……」

沈黙。

そう、確かに急ではなかったのだが……

「──……ぁあれれぇー？　もしかして、吉野くん？　マスク付けてるし暗くて全然分からなかったけど、私と同じ二年Ａ組の吉野叶多くんじゃない？」

星川が、今気づいたとでもいうように言った。

……なんだろう、このわざとらしさは？

そう思ったが、驚いて挙動不審になっただけかもしれないと思い直した。

「はい。その吉野です」

「そっかぁ、吉野くんかぁー……ふふ、そっかぁー……」

微笑んで、またも沈黙。

なんだかテンションと会話がちぐはぐだな。ちょっと嬉しそうなの、なんでだろう。

っていうか、星川ってこんなハイな子だったか？

そこまで語れるほど、俺は星川のことを知らないんだけど……でも、違和感がすごい。


「すぅ、はぁ……」

俺が訝っていると、なぜか星川が深呼吸をした。

そうして彼女は「……うん！」と覚悟を決めたかのように一つ頷き、

「吉野くんは、なんでこんなところにいたの？　もうこんなに暗いのに」

落ち着いた口調で言った。

いつもクラスで見ていたような星川だ。

よく似た別人の可能性も考えたが、どうやら本人で確定のようである。なんだかおかしかったのは、驚いた拍子に混乱したのかもしれない。

「俺は、ちょっと野宿をしようかと思って」

「野宿？　どうしてそんなことを」

「あー、俺、学校の寮に住んでるんだけど」

「知ってる」

「えっ」

「あ、その……吉野くんが寮から出てくるところを見たことがあって」

まさか星川の視界に入っていたとは。

認識されているかすら怪しかったというのに。

「そっか。じゃあ話が早いんだけど、その寮で感染者が出ちゃってさ。で、寮が閉鎖になって、ネカフェなんかにも泊まれず、仕方なくここで野宿しようかと」

「野宿って……吉野くん、実家は？」

「この感染騒ぎだから、帰ってくるなってさー……で、俺の話はいいとして。星川は何してたの？　写真でも撮ってたにしてはスマホ振りすぎだったけど」

「私は、わいふぁいを捕まえにきたの」


……ん？

聞き間違えただろうか。

マスク越しだしな。声もこもるし、口元が見えないと聞き違えもあるだろう。


「えっと……Wi-Fi？」

「うん。わいふぁい」

「捕まえる？」

「スマホで捕まえられるって聞いたから」

……聞き間違えではなかった。


確かにスマホでＷｉ－Ｆｉは捕まえられる。

『電波を捕まえる』という表現をすることはあるし、なんなら俺がそう言ってる。

だが、虫でも捕るみたいに、あんなにスマホをぶんぶん振る必要はない。


「スマホでＷｉ－Ｆｉを使いたいってこと？」

「ううん。パソコンで使いたいの」

「パソコンって……自宅の？」

「そう、自宅のパソコンで」


星川を見た限り、持ち物は手にしたスマホと肩から下げている小さなポーチだけだ。

そのポーチにも財布くらいしか入らないだろう。彼女の手元にはパソコンらしきものは見えない。


「わいふぁいがないと、週明けから授業が受けられないって聞いて……それで、わいふぁいを捕まえて、家に持って帰ろうと思ったんだよね」

「わいふぁいを捕まえて、持って帰る？」

「うん。捕まえて持って帰る」

「自宅に？」

「そう。自宅に」

「待て。Ｗｉ‐Ｆｉは持って帰れないぞ？」


マスクをしていても、ある程度の表情は分かる。

星川は「え、そうなの？」とでも言うようにキョトンとしていた。


「Ｗｉ‐Ｆｉっていうのは電波で、この公園の公共Ｗｉ‐Ｆｉはこの公園あたりでしか使えない。そりゃ、家が近ければ使えるかもしれないけど……Ｗｉ‐Ｆｉじゃなくても自宅にネット回線を引いてればリモート授業を受けられる環境だと思うけど、星川の家にはないの？」

「わかんない」

「Ｗｉ‐Ｆｉ」

「わかんない」


小首を傾げた星川に、俺は困惑する。

星川遥といえば、学校一の美少女で、かつ、学年首席の才女である。略して美才女であって、決してアホの子ではなかったはずだ。

その星川が、俺の話を理解できない様子で、しぱしぱ、と瞬きをしている。

俺はちゃんと通じる日本語を喋れているのか、逆に自分の発言が不安になった。


「……星川。ネット回線って意味分かる？」

「分かる」

「リモート授業」

「分かるよ、もちろん」

「Ｗｉ－Ｆｉ」

「わいふぁい？」

「なんでそこで躓くの……？」

「んー、どうしてかなぁ？」

うーん、と頬に指を当てて悩む仕草はかわいい以外の何物でもない。

だが、言動と裏腹に、あまり悩んでいる感じはしない。

「……星川は、頭がいい。学年どころか、上級生も含めて学校で一番だ。俺はそう確信してる」

「え？　えへへ、ありがとう……？」

「だからきっと、Ｗｉ‐Ｆｉのことも自力で理解できるって信じてる――」

「無理なのっ!!」

食い気味に否定された。

潤んだ目の下、マスクから覗(のぞ)く頬がちょっと赤くなっている。

「あ、あのね。えと……吉野くん、確か、パソコン部だよね？」

「あれ？　よく知ってるというか、よく覚えてんね？」

「う、うん、記憶力には自信があるから……で、でね！　あのね！　……助けて欲しいの」

もじもじしながら、消え入りそうな声で星川が言った。

こんな弱々しい星川を見るのも初めてだった。

「詳しい吉野くんに、教えて欲しいなって……迷惑じゃないなら……お願いします」

星川に懇願されるのも初めてだ。夢じゃないのか、これ？

……なんだか今日は初めてのことばかりだな。

寮を追い出されたり、親や友人に見捨てられたり、ホームレスになりかけたり……正直、脳の処理が追いつかないんだけど……

「……いいよ。俺でよければ」

どうせ今日はこのまま一人寂しく野宿するだけなのだ。

普段それほど仲がいいとは言えない相手でも、知り合いと話している時間は多いほうが気が紛れる。先の見えない不安とか、考えてても仕方ないし。それなら、星川の役に立つことをしたほうが、きっと建設的だ。

「で、Ｗｉ‐Ｆｉについて説明すればいい？　インターネットから？」

「私の家のパソコンでわいふぁいを使えるようにして欲しいな」

びっくりした。

説明すっ飛ばしてのド直球な要求だった。

「あー……星川は俺の説明を聞く気がないので？」

「だ、だって……聞いても分からないもん……」

もごもご、と歯切れ悪く星川は言い訳した。

これまた彼女らしくない珍しい反応である。

「ていうか、俺、前にも星川と話した時、Ｗｉ‐Ｆｉがどうたらって話さなかったっけ？」

これまでに星川と唯一交わした会話だから、よく覚えている。

去年の今頃(いまごろ)……いや、入学式の少し前のことだ。

高校の校門前で、スマホが電話にもネットにも繋(つな)がらないと星川が困っていたのである。

なんてことはない、使用権限のないＷｉ‐Ｆｉ――いわゆる野良(のら)Ｗｉ‐Ｆｉを拾ってしまっていただけだったので、ちょっとスマホを弄らせてもらって解消したのだが。

「んー、知らない。忘れちゃった」

「記憶力には自信があるのでは……」

「そ、それとこれとは別なのっ！　……人間、誰しも苦手なことはあるんだから」

星川が駄々っ子のようにそっぽを向きながら言った。

唯一の会話を忘れられていたのはショックだが、それは置いておいて。

こうも理解に対する拒絶を示されては、説明しても無駄になる可能性が高い。彼女の要求を呑むほうが早そうだ。

だがしかし、一つ問題があった。

「家のパソコンってことは、星川の家に行かなきゃいけないかもしれないんだけど？」

「私の家なら、ここから徒歩で五分とかからないよ？」

「あ、いや……」

……許可の話だったのだが。

もう時間も二十一時を過ぎている。

そんな時間に、クラスメイトとはいえ男を家に招くのはいいのだろうか、と。そういう話のつもりだったのだ。

外という社会監視の下なら紳士的な俺でも、星川みたいなかわいいというか、正直ちょっと――いや、かなり好みの女子の部屋に呼ばれたら、冷静な自分が保てるか分からなかった。

さっき補導を期待した俺でも、そういうガチな方向で警察のご厄介にはなりたくない。

ああでも……星川のご両親がいるだろうし、別に気にしなくても大丈夫か。だが、それなら星川も、ネットのことは親にでも頼めばいいのでは――


「行こ。私の家、こっち」

「えっ、あー……はい。行きます」


街灯に照らされた夜道を、星川と並んで歩く。

なんかデートみたいだ。とはいえ女子とデートとか、今まで一度もしたことないんだけど。

しかし、なんだか、よく分からないことになってきたな。

世の中も、俺の状況も……そう思いながら、隣をちらりと見る。


横顔でも分かる、まつ毛の長い大きな目。

付けたマスクを持ち上げるスッと通った鼻筋。

夜風にサラサラと流れる、光の糸のように色素の薄い長い髪。

……なんだろう。

距離感のせいだろうか。それとも星川の家に向かっているから？

奇声を上げながらこの場から走って逃げ出したいくらい、俺は、明らかにそわついていた。

星川が向かったのは、公園からすぐの高級マンションだった。

公園との境があまり分からない緑に溢（あふ）れた庭園のような敷地の中、十数の階層を持つ城のような建物がそびえ立っている。

うちの高校の校舎より立派かもしれない。学生寮よりは明らかに上等だ。

「あの……星川の家、ここなの？」

「そうだよ。あ、あそこがエントランス」

あそこ、と言われても緑のアーチでよく見えなかった。

星川の案内でたどり着いたのは、一流ホテルのような煌(きら)びやかなエントランスだった。

当然のような顔で待ち構える厳重なオートロックの扉を抜け、防犯カメラが睨(にら)みを利(き)かせる鏡張りのエレベーターで五階へ上がる。

なんだかとても場違いな場所に来てしまったような……

そんな風に呆然(ぼうぜん)としている間に、星川の家についていた。


「どうぞ」

「お……お邪魔します」


星川に促されて、俺はそろりと玄関へ足を踏み入れた。

他人の女子の家に入るのは、小学生の時以来――つまり、男としての物心がついてからは初めてのことだ。加えて、高校のむさくるしい男子寮で一年も暮らしていたからか、緊張感が半端(はんぱ)ない。

だがしかし、このドキドキは果たして女子の家だからなのか……？

それが分からなくなりそうなほど、星川の家は〝家〟と呼ぶにはあまりに立派だった。

室内を見渡して、圧倒されてしまう。

だだっ広い部屋。高い天井。高そうな家具、置物、絵画、その他いろいろ。

エントランスからここまでの道中で想定はしていたが、家の中もたいそうなものだった。

見かけが豪華なだけじゃなくて、設備自体も最新鋭っぽい。

さっき玄関を入った時だって、星川がどこにも触ってないのに勝手に室内の電気ついたし。

人感センサー式ってやつなのかもしれない。


「なんか……すごいっすね」


リビングに通されたあと、ぼんやり口をついて出た感想がそれだった。

思わず敬語になってしまった一言だけの俺の感想に、ソファに鞄を置いていた星川が「ん？」

と振り返る。

彼女の顔を見つめたまま、俺は硬直してしまった。

星川は、マスクを外していた。

外では見ることができない、秘められた部分だったからだろうか。

晒されたそこに、思わず見入ってしまう。

目元だけでも百点満点の美少女だとは知ってたけど……マスクの下、そんな風になってたんだな。うん、顔がよすぎる。三百万点。

それに、こんな近くで彼女の顔を見たのは、一体いつぶりだろうか。


「すごい？　ええと、なんのこと……？」


言葉を紡ぎ出す星川の口元に、目が釘付けになってしまう。

桜色の唇、その隙間から時折覗く赤い舌に、視線を絡めとられる。


……これはまずい。

もしかしたら俺は、新たなフェチズムに目覚めてしまったのかもしれない。ドキドキする。

星川に変に思われないよう、俺は努めて彼女の口元から目線をずらして返答した。

「その……家のこと。内装もすごいけど、設備めちゃくちゃ便利そうじゃん？」

「そうなんだよね、すごく便利――……じゃないよ！　全然、私は、すごい不便だと思う！」

星川が慌てて否定した。

いつもピシッとしていて、喜怒哀楽の感情があまり顔に現れないやつ……クラスでもそう思ってたけど、マスクをしていないだけで圧倒的に表情が分かりやすいな。

それはそうと……こんな至れり尽くせりの部屋に住んでいて、不便？

まあ確かに、機能が多すぎると、それはそれで困るかもしれないが。

「で、星川。Ｗｉ‐Ｆｉのことなんだけど、パソコン見せてもらえる？」

「あっ、はい！　待ってて！」

言って、星川は自分の部屋に駆け込んだ。

パソコンを持ってきてくれるんだろう。

待っている間に、俺は自分のスマホでこのマンションに専用のＷｉ‐Ｆｉが飛んでいるかを確認することにした。

これだけの設備のマンションだ。ルーターさえあればネット回線は使えるようになっているはず……あ、あった。これだな。Ｗｉ－Ｆｉ名がマンションの名前だ。あとはパスワードがあれば設定もすぐに済むはずである。

……と、そうこうしているうちに、星川が部屋から顔だけ出した。

ん？　パソコンはどうした？

「……あの、吉野くん。パソコン、中にあるから見てもらえないかな？」

「え。俺はいいけど……部屋に入ってもいいの？」

家の中は家族の共用空間だとして、部屋の中はプライベートがすぎる。

さすがにどうかと思うのだが……

「吉野くん、もう私の部屋に入ってるけど」

「ここは部屋っていうか、家じゃんか。ご家族の人も使うところだろうから、別っていうか」

「私だけだよ？」

「うん？」

「私、一人暮らしだから」

「……はい？」

ドサッ。

抱きしめていた鞄を思わず取り落としてしまった。

床に落ちたそれを、星川が慌てて拾い上げる。そうしてソファの上、自分の鞄の隣に並べて置いてくれた。

「ああ、鞄ありがとう――じゃなくて。その、星川は一人暮らしなの？」

「うん。家族とは離れて暮らしてるんだ」

「そう……なんだ……へえー……」

懸念（けねん）の必要などなく、もうとっくに女子の部屋の中だったらしい。

……思わず脱力した。

同時に心臓がバクバクし始めた。

俺の体内、忙しすぎだろ……いやでも、一人暮らしの女子の家だし、これくらい動揺したってしょうがないか。それに、女子は女子でも星川だし……学校一の美才女だし……

「あの、胸を押さえてるけど、大丈夫？　……中に入るの、嫌？」

「いやいや――じゃなくて。嫌じゃないよ、全然それは」

「よかった！　どうぞ。寝室だから、ちょっと恥ずかしいんだけど」


特大の爆弾を置いて、彼女は奥に――寝室に入っていった。


せっかく落ち着いた心臓がやかましくなる。

ちょっと恥ずかしい、寝室……プライベート感が玄関からリビングまでの比じゃないぞ。

……どうしよう。

しかし入らずにいるのも気まずい。意識していますと表明しているようなものだ。


「えっと…………失礼します」


腹を括って、俺は星川のあとを追った。

開け放たれたドアから中へ。

瞬間、先ほどまでとまるで違う空間に入ったのだと感じた。

壁の色と同じ白を基調とした木製のベッドやデスクに、パステルカラーのカーテンやクッションが上品に色を添えている。綺麗な色の小物がたくさん並んでいるが、正直いっぱいいっぱいで何が何やら認識できない。

ふわり、と鼻をくすぐる甘くて優しい香りに目まいがした。

ああ、ここには星川の――女の子の生活の匂(にお)いが充満している。

俺の部屋とは、根本的に何かが違うようである。

空気が澄んでいるような気がするのは、高性能な空気清浄機が設置されているせいだろうか。それともここだけ、空間でも歪(ゆが)んでるんだろうか……いや、そうなのかもしれない。そうでもなければ、星川の部屋に俺が入ることなんてできなかったはずだ。

「吉野くん。こっち」

星川の声に、ぼんやりしていた俺は我に返った。

部屋の中、デスクの前で星川が待っていた。デスクの上には、俺が持ち歩いているのと同じ、学校から貸し出されたノートパソコンがある。

煩悩を振り払って、俺は急いで彼女のそばへ向かった。早く終わらせてここを出よう。

「じゃあ、星川。ちょっと触るから」

「えっ。さ、触る……？」

なぜか星川は声を上擦らせた。

顔を見れば、ちょっと赤くなっている。

「何か問題が？」

「も、問題というか、急だったから心の準備が……」

「心の準備？　……あ、そっか。ごめん」

「う、ううん。大丈夫、私も……その……そのつもりがなくもないというか……」

「？　俺のこと、そのつもりで呼んだんだよな？」

「そ、それはっ……」

はくはく、と口を開閉する星川が、真っ赤になってゆく。

この反応は、まさか……

……見られたくない画面でも開いていたことに、今になって気づいたのだろうか。

「悪い。配慮が足りてなかった。見られたくないなら、俺が触る前に触ってもらって」

「えっ、私が触るの⁉」

「どうぞ、お先に」

「え、ええー……こ、困ったなぁ……触るって、どうやったら……」

「ん？　まさか触ったこともなかったりする？　なら、俺が勝手に触ってもいい？」

「えっ！　…………うん」

少し迷った末に、星川は小さく頷いた。

なぜか緊張しているようにギュッと目を瞑っている。

「じゃあ……失礼します」

彼女の脇をすり抜けて、俺は彼女の背後にあるノートパソコンに触れた。起動する。

星川の部屋ということで気は散るが、そのままＷｉ‐Ｆｉの設定もしてしまうことにした。

確かにこのパソコン、Ｗｉ‐Ｆｉに接続されていないようだ。

パソコンの設定画面を開き、このマンションのＷｉ‐Ｆｉを選ぶ。


「よしよし、これだな……星川。このマンションのＷｉ‐Ｆｉのパスワード分かる？」

「……あれ？」

「ん？　どうした星川？　分からない？」

「ううん、そうだけど、そうじゃなくて…………………恥ずかしい」

「別にＷｉ‐Ｆｉの設定できないくらい、恥ずかしがることでもないよ」

「そうじゃない……」

「？」


なぜか星川は拗ねたようにそっぽを向いた。尖らせた唇がかわいい。

しかし、意味が分からない。別に恥ずかしがることでもないだろうに……不思議に思ったが、
それよりとにかく作業を終わらせねば。

確か、リビングにルーターらしきものがあった。裏にパスワードがあるはずだ。

機械音痴の星川には設置できるわけもないので、誰かが代わりに用意してくれたのだろう。

リビングへ向かい、ルーター裏にパスワードを見つけたあと、戻ってそれを入力する。ウェブサイトを使って接続を確認――よし。

作業はあっさりと済んでしまった。


「くっ……早い……」


なぜか悔しげに星川が言う。

自分にできなかったことを俺に簡単にされてしまったからだろうか。成績もあれだけいいわけだし、結構、星川は負けず嫌いなのかもしれないな。

さて。作業も済んだし、あとはお暇するだけだ。


「面倒がなくてよかったよ。パソコン起動したら、勝手にここのＷｉ‐Ｆｉに接続されるから……じゃあ、俺はこれで」

「ま、待って！」

星川の部屋を出ようとしたところで、手を取られた。

すべすべで、温かい——ではなく。どういう状況だ、これ？


「えっ、と……星川？」

「ああのね……ええと、本当に助かりました、ありがとう！」

「あ、うん。どういたしまして…………星川、あの、俺もう帰るけど？」

「……帰るって、どこに？」

「え？　そりゃあ……公園、かな？」


帰る場所はないので、そうなるとさっきの公園だろうか。自分でもよく分からない。

と、星川が手を離して俺の腕を掴み直した。


「え？　星川？」

「野宿なんてだめだよ。体調崩したら大変」

「とは言っても、泊まれるところがないんだよな」


ギュッと突然、星川が腕に力を込めた。

瞬間、大きくやわらかな感触が俺の腕を圧迫する。

「あのね、私、一人暮らしなんだよね」

上目遣い(うわめづか)いで星川が言う。

彼女から与えられた感触と言葉に、俺は「え？」と混乱したまま変な声を上げた。

「あ、ああ。そう言ってたな？」

「で、ここ、２ＬＤＫなんだよね」

「そうみたいだな」

「つまりね。私の隣の部屋、余ってるんだよね」

「そうなんだ」

「だから、ね、その……ほら、ね……もうこんな時間だし……」

チラッチラッと星川が視線を投げかけてくる。みなまで言わずとも分かるだろう、とでも言うように。

女子の一人暮らし。部屋が余っている。もうこんな時間――

「――悪い。長居した」

「待って!!」

お暇しようと動いた瞬間、星川にぐいっと腕を引っ張られた。

星川は上目遣いで俺を見つめたまま、涙目でぷるぷるしている。

「ねえ吉野くん。今の話の流れで、なんで出て行こうとするの？　おかしくない？　おかしいと思うな」

「いや、女子の一人暮らしの部屋にこんな時間までいるのはまずいかなって」

「大事なところが抜けてるんだけど」

「大事なところ………もしかして、部屋が余ってるってとこ？」

こくん、と星川が恥ずかしそうに小さく頷く。

「星川の友達でも泊まりに来るのかなって」

「来ないよ……なんでそんな解釈になるの……」

「？　じゃあ他の誰かが泊まりに来るのか？」

「来ないです！　誰も来ません！　ということは、つまり？　ほら？」


答えを促される。

……まさか泊めてくれるのだろうか？

この話の流れだと、その解釈が一番しっくりくる。

だが、それはこれまでの俺と星川の関係からは、最も遠い答えのような気がする。

何より、一番の気がかりは、星川から言ってこないことだ。


俺から泊めてくれるのかと訊くのは、ちょっと問題がある、気がする。

星川は、クラスの中で人気があるどころか、一部の人間には神聖視されてすらいる人物だ。

もし、俺がここで解答を間違えたら――つまり、星川に「気持ち悪い」と思われたら。そして、それがクラスのやつらに知られるようなことが万が一にもあったら。

俺は登校が再開したところで、教室に戻れなくなってしまう。永久追放だ。


「あー……あのね、私、機械音痴じゃない？」

と、唐突に星川がそう言った。

答えられずにいた俺の目を見つめて「ね？」と同意を求めてくる。

「そうなのか？」

「機械音痴なの！　わいふぁい以外も機械はてんでダメな人間なの！」

「お、おう。そっか、知らなかったよ」

まあ、Ｗｉ‐Ｆｉの接続にも苦労してたし、他の機械に弱くてもおかしくはない。

星川が機械音痴だとか初めて聞いたけど、これまでずっと隠してたのかもしれないしな。

人には苦手なことと同じく、秘密の一つや二つあってもおかしくない。

「……で、吉野くんって、機械に強いじゃない？」

「強いかどうかは分からないけど」

「パソコン部じゃない？」

「それはそうだけど、でも特別、機械に強いってわけじゃ」

「私よりは強いと思うの。絶対。間違いなく。百パーセント」

食い気味に断言された。

そうまで言われて否定するのもおかしい。そんなわけで黙っておくことにした。


「そ、それでね。リモート授業も始まるけど、私、パソコンの使い方も怪しいから、ちゃんと授業を受けられるか心配で……吉野くんに教えて欲しいんだよね。手取り足取り？」

「俺がパソコンやら機械やらで教えられることなんて、あんまりないと思うけど」

「じゃあそれ以外のことも教えて！」

「って言っても、俺から星川に教えられることなんて何があるかな」

「い、いろいろあると思う……あんなことや、こんなこと……とか」


何やらボソボソと星川が言った。

よく聞き取れなかったが、またしても彼女の顔が赤い。

そんなに人から教わるということが恥ずかしいものだろうか。

まあ、星川くらいの秀才になると、知らないことが恥ずかしいということもあるのだろう。

そういう意味で、仲のよいクラスメイトより、ほとんど関係のない俺のような人間のほうが頼りやすいのかもしれない。

「だからね……その……だからっ……」

「えっと、ここに泊まってもいいってこと？」

うんうん唸（うな）り続けている星川に、俺からは口にせずにいようと思った質問をぶつけてしまった。

ぴた、と星川の唸りが止まった。

「……吉野くんが、泊まりたいなら」

「大変申し訳ないんだが、泊めてもらえると助かる」

瞬間、悩ましげだった星川の顔がパッと笑顔になる。

「うん！　いいよ、泊っても！」

「迷惑じゃないか？」

「全然！　むしろ嬉（うれ）しい！」

「嬉しい……？」

「あっ……ほ、ほら、機械のこと教えてもらえるから！」

「まあ、俺に教えられることなら、いくらでも」

「やった」


星川が俺の腕を抱きしめたまま、えへへ、と嬉しそうにはにかんだ。

……なんだ、このかわいい生き物は？

教室の片隅から遠巻きに眺めていた、あの隙のなさそうな美才女と、目の前の彼女。本当に同一人物なのだろうかと疑ってしまう。


だからだろう。

この時の俺は、彼女のついた嘘に気づけなかった。

なんだか怪しいと思いながらも、そのまま流してしまったのだ。


「じゃあ、吉野くん。これから、よろしくね」


星川は満面の笑みでそう言った。

その目はどこか獲物を狙う猛禽類のように輝いていたのだが……俺がそれに気づいたのは、

翌日になってしばらくしてからのことだった。

遥の非公開ダイアリー②

When I got to
remote class,
I had to move in with
the most beautiful girl
in my class.

『遥は嘘をつくのが下手だね』

昔から、私はそんな風に家族に言われていた。
どうやら心にやましいことがあると、目が物語ってしまうというのだ。

だからヒヤヒヤしていた。
吉野くんにも、すぐに嘘がバレてしまうのではないかと。

でも……バレなかった！　神様ありがとう!!
おかげで、今日から吉野くんと一緒に暮らせる。嬉しくて嬉しくて、危うく本心を口にしそうになってしまったけれど、気をつけなければ。

……公園で彼を見つけたのは、実は偶然ではなかった。

帰宅後に見たクラスのグループチャットに、学生寮が閉鎖されたと書き込まれていたのだ。

吉野くんが寮暮らしなのを以前から知っていた私は、彼の行方が気になった。

実家に帰ったのであれば問題ない。しばらく会えないのは寂しいが、こんなご時世だ。元気でいてくれたら、それでいい。

けれど、こんなご時世だからこそ、もし帰れなかったら？

そして、他に泊まることすらできなかったら？

そんな風に考えた私は、居ても立っても居られず、パソコンを開いた。
そう。私はパソコンが使える（ドヤ）
なんなら、インターネットの海を泳ぎ馴れていると言ってもいい（ドヤヤ）

私はネットの検索で、駅周辺で高校生が簡単に泊まれる場所がないこと、高校生が行きそうな飲食店の閉店時間を確かめたあと、家を出た。

そうして、かの公園に向かった。

なぜあの公園だったのかというと、吉野くんがもし困っていたら、あの公園に行くと思ったからだ。というのも、学校が封鎖されてしまう夜、学校近辺で人目を気にせず腰を落ち着けられる場所は、あの公園くらいしかないのである。

そして、吉野くんは野宿が苦じゃない人だ。

去年の夏休み前、彼が友達にそう話していたのを聞いていたので知っている。耳をよくよく澄ましていてよかった。


かくして、私は予想どおり、吉野くんを公園で発見した。

会えたのが嬉しくて、ずっと顔がにやけていたのだけれど、マスクのおかげで吉野くんに気づかれなかった。嘘をつく時、マスクは便利である。


さて。

私は吉野くんがもし公園にいたら、家に連れ帰ろうと考えていた。

捕まえたかったのは、Ｗｉ‐Ｆｉ(ワイファイ)ではなく吉野くんだったのだ。

彼がいつ来てもいいように去年から妄想——否(いな)、想定していたので〝準備〟もとっくにできている。


……でも、機械音痴のフリをしたのは、とっさのことだった。

なんと声をかけたらいいのか分からなかったから、以前と同じ私を装ってしまったのだ。

そう、吉野くんと初めて話した時の私である。

余談だが、電波がない時にスマホを振るのは、親友の癖（くせ）だ。

彼女のお祖母さんがそうするといいと教えてくれたという。でもそれ、迷信らしいです。


——吉野くんとの出会いは、一年前。

高校の入学式の数日前だった。

引っ越してきたばかりで、私は高校周辺の土地勘がなかった。

通学路の確認のためにやって来た高校から自宅までの道のりは、今日初めて通ったばかり。

帰宅までの頼りは、スマホの地図アプリとGPS……だったのだが。

スマホが急に、電話にもネットにも繋（つな）がらなくなってしまったのだ。

スマホは中学では持っておらず、数日前に購入したばかり。トラブルも初めて。対処法を調べようにも、そもそもネットが使えない。

どうしよう……と三十分も、高校の校門前で一人途方に暮れていた時だ。

自分と同い年くらいの男子が目の前を通った。


「あの、すみません！」


背に腹は代えられない。私は、その男子に声をかけた。

人気のない学校は春休みの最中で、次に人が通る保証がなかったこともある。

「えっと……俺、ですか？」

「はい！　あの、ちょっと助けてもらえませんか？　スマホがおかしくなったみたいで、ネットとかに繋がらなくなっちゃって」

「ネット？　あー……直せるか分かんないっすけど、スマホ見せてもらってもいいですか？」

そこから、男子はすぐに接続不良を解消してくれた。

あっという間だった。

スマホを操作する指の動きが、とても繊細で優しかったのを今でも憶えている。

「はい。野良Ｗｉ‐Ｆｉを捕まえてただけだったから、これでもう大丈夫だと思います」

「あ、ありがとう、ございます……」

スマホを受け取ろうとした時、彼と指が触れ合った。

その瞬間、感じたことのない熱が私の身体の奥から込み上げてきた。


恋に落ちたんだ。

そう気づいたのは、高校に入学後のこと。
彼——吉野くんと教室で再会してからだった。

それから私は一年間、吉野くんに片想いしていたのである。

私が分らなかった問題をいとも容易く解決しながら、まるで誇示することもなかった彼。

恩着せがましい態度を取ることもなく「じゃあ……」と紳士的な距離感を保ったまま去っ

ていった彼。

かっこよかった。っていうか、好き。

同じ教室で過ごすようになっても、彼の印象は変わらなかった。

控えめだけれど、冷静沈着で温厚篤実（おんこうとくじつ）（高校生でこの言葉を知ってるのはすごいらしい（ふふん））

枯れてるんじゃないのと笑う子がいるくらい、女子に対して無関心に見える態度。熱意や気配など、空気みたいな諸々の希薄さ。

でも私は、そんな彼をどんどん好きになっていった。

しかし、片想いの期間と同じ時間、私は吉野くんに話しかけられなかった。

好きな人ができたのが初めてだった私は、どう接したらいいのか分からなかったのだ。

加えて、彼と目が合わないように、かなり苦心した。

嘘が下手なことで定評がある私だ。目が合ったら好きだとバレてしまう気がして……。

……だから私は、妄想することにした。

吉野くんの視線を。

吉野くんの手の感触を。

吉野くんの身体の温もりを。


そして、吉野くんが私の言動の一つひとつに反応する姿を。


要約すると、私は片想いを拗らせたのだ。

そう理解できてはいても、一年もの間、熟成しきった想いは、抑えきれない欲望になった。

自分勝手で、ふしだらで、あられもない……そんな欲望に。

⬅

吉野くんに甘えたい。

でも、素直に甘えられない。

触れたい。

でも、吉野くんから触れて欲しい。

相反する感情を渦巻かせたまま、今日、私は吉野くんをマンションに連れ込んでしまった。

気持ちが急いて寝室にまで招いてしまったし、吉野くんが私に触れてくるんじゃないかって焦っちゃったけど……まあ落ち着きなさいという話だ。妄想の吉野くんと違って、現実の吉野くんは私を押し倒したりはしないのだから。

期待した自分が恥ずかしい。

でも……ドキドキが堪らない。癖になりそう。


機械音痴だという嘘も、つき通してしまった。

けれど、結果的に吉野くんと同棲できることになったので、もうそういうことにしておこうと思う。パソコンでＷｉ‐Ｆｉを設定してくれてた吉野くん、かっこよかったし……人から教えてもらうことって基本的になかったから、やっぱり嬉しかったし。

それよりも、私が取り組まなきゃいけない問題がある。


吉野くんとお近づきになることだ。

彼が他に身を寄せる場所を見つける前に。
緊急事態宣言が解除される前に。
この密な空間で一緒に過ごせるうちに。

……既成事実というものを作ってしまうのが一番ではないだろうか？

でも、強引に迫ってふしだらな女だと思われたくないし、吉野くんが怖がるといけない。
客観的に見て、今の私はたぶん怖い。
だから、できれば吉野くんから手を出して欲しい。

そのために、手を出しやすいように誘わなきゃ。

はあ……これからのこと、考えるだけで、ぞくぞくしちゃう。
嘘も欲望も、吉野くんにバレないように頑張って隠そう。

……吉野くんのベッド、潜（もぐ）り込んだら、やっぱりだめかな？

第二話　同棲生活と彼女の嘘

一夜明けて、朝。


のどかなスズメのさえずりに、意識がはっきりしてくる。

遮光カーテンの隙間(すきま)から、まばゆい日差(ひざ)しが入り込んできていた。

とても暖かくて、やわらかくて、気持ちがいい。


……待て。

やわらかいって、なんだ？

多幸感に満たされたまま微睡(まどろ)んでいた俺(おれ)は、そこでハッと目を覚ました。

目を開けた瞬間、朝日を受けて輝くサラサラした長い——

——これは、髪？

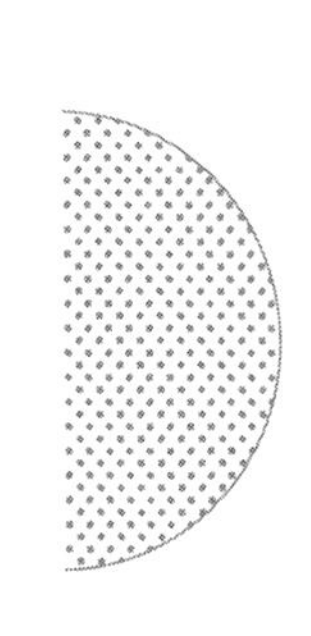

When I got to
remote class,
I had to move in with
the most beautiful girl
in my class.

いや、俺のじゃないぞ。
俺の髪よりずっと長くて色素が薄くて綺麗(きれい)な、これは……

「……んん」

鼻にかかったようなこの甘い声も、もちろん俺のものではない。
恐る恐る視線を胸元(むなもと)に向ける。

そこにいたのは、星川(ほしかわ)だった。

「わ……わあぁぁぁ⁉」

慌てて叫びながらベッドから転がり落ちる俺。
対照的に、ふわぁ、と呑気(のんき)な欠伸(あくび)をしながら、星川が身体を起こした。

「ふえ？　え、なに……何かあった？」

布の薄いパジャマを着た星川が、目を擦りながら尋ねてきた。

見たことのないパーソナルすぎる姿に、余計に頭が混乱する。

とろんとした眠そうな目、無防備に少しだけ開いた唇。

防御力ほぼゼロの布が胸元で押し上げられていて、ちょっと苦しそうだ。下半身はショートパンツで、むっちりとした白い太ももが眩しい。朝日より眩しい。

……などと、星川の姿をまじまじと見てしまってから、不意に我に返る。

罪悪感で少し冷静になった。っていうか、

「な……なんでここにいるの、星川」

「え？　なんでって……私の部屋だから？」

「いや、それはそうなんだけど、そうじゃないというか」

そう。ここは確かに星川が所有する部屋である。

だが昨日、彼女の好意で俺が間借りすることになったはず。つまり、今は俺の寝室だ。星川の寝室とは家具のレイアウトや雰囲気からして違うので、俺が部屋を間違えていることもないはず。

「星川の寝室は、隣だよな？」

「あー…………ごめんね。部屋、間違えちゃったみたい」

「そ、そっか。間違えることもあるか」

「寝ぼけてたみたい」

苦笑しながらベッドからいそいそと下りた星川は、部屋の出口へと向かい、バツが悪そうな顔で振り返った。

「失礼しました。朝ごはん用意して待ってるね」

そう言い残し、星川は俺の寝室から出て行った。

扉が閉まり、一人きりになる。

俺はベッドにしがみつくようにして脱力した。

「……あぶねー」

深いため息と共に吐き出す。

温かかった。やわらかかった。髪サラサラだった……あと、いい匂いがした。

無意識に身体が反応していたらしく、星川を抱きしめていた。その感触が、まだ腕や胸元に残っている。細胞レベルで記憶してしまったかもしれない。

「俺、変なことしなかったよな……？」

勝手に手は動いていなかっただろうか、と己の手のひらを見つめる。

星川の反応を考えるに、きっと大丈夫だろう。変なところは触っていない。そう思いたい。

まともに彼女の顔を見られる気がしなかった。

……とはいえ、朝食まで用意してくれるというのに、このまま部屋に引き籠っているわけにもいかない。

しばし悶々としたあと、俺は腹を括ってベッドから出ることにした。

冷水で顔を洗い、煩悩を洗面所の排水溝に流したあと、部屋に戻る。

と、ベッドの上に新品のルームウェアが用意してあった。

外出には向かないかもしれないが、室内で寛ぐにはちょうどよさそうだ。あと、近所のコンビニあたりなら俺的には余裕で行けるくらいの……

「……誰のだ？」


パジャマから着替えたあとに、疑問が過った。

サイズがピッタリだ。星川は俺よりだいぶ華奢だし、彼女が自分用に買ったものではないだろう。これを着たら、かなりだぶつくはず。

というか、いま脱いだパジャマだってそうだ。

昨晩の風呂上りに新品の下着と一緒に用意してあったのだが、いずれも男物だった。

なぜ一人暮らしの女子の家に、男性用の衣類がある……？


「あれ……そういや歯ブラシとかも、男用だった？」


星川はピンクの小ぶりな歯ブラシを使っていた。

俺に新品の歯ブラシをくれたが、水色で一回りサイズがデカかった。

星川の身の回りのものにはピンク色の物が多い。

気分を変えるために別色を予備にしていたのかもしれないが、マグカップなどもペアで置いてあった……


「……彼氏のとか、かな」


星川には彼氏がいるのかもしれない。

それだと、いろいろ説明がつく。

男が部屋に入ることにも抵抗がなかったのは、慣れていたから。

間違えて人の布団（ふとん）に潜り込んだのも、彼氏相手によくやっていたから。


……そう考えると、ちょっとそわついてた気持ちが落ち着いた。

星川は、どことなく古風で清楚（せいそ）な箱入りお嬢様だと思っていたのだが……まあ、勝手なイメージを抱かれては、星川も迷惑だろう。

というか、星川に彼氏がいるなら、ここに俺がいるというのはやはり迷惑な話だ。


「あとでちゃんとお礼しないとな……っと、そうだ、朝飯」

わざわざ星川が用意してくれると言っていたが、俺は別にもてなされる客人ではない。

手伝わねば、と慌ててキッチンへ向かった。

⬅

キッチンでは、星川が朝食を用意してくれていた。

星川は、しっかりと身支度を整え終えていた。

先ほどまでの寝起き感もない。制服姿でもなく、外行きの姿でもない、俺が着ているのと似たルームウェアだ。

ただし、ショートパンツで太ももが眩しい。

そこにエプロンを付けている。胸元が少し窮屈そうだ。

思わず見惚(みと)れてしまった。

パジャマもいいけど、こっちもいいな。

後ろから抱きしめたりしたら、どこもかしこもやわらかそうな——

……朝から何考えてんだ、俺は。

つか、寝起きのあんな星川やこんな星川を見放題とか、彼氏の野郎は羨ましすぎるな。

「あ、吉野くん。ごめんね、まだなんだ。お腹空いてるよね、すぐ用意する」

「いや、ありがとう。俺も手伝うよ」

「ううん、大丈夫。あとは火を通すだけだから」

言って、星川は冷蔵庫を開けた。

開けたと言っても、扉にタッチしただけで勝手に開いた。

キッチンが立派なので予想はしていたが、やはり普通の冷蔵庫とは一味違ったらしい。俺より頭がよさそうな家電だ。

星川は冷蔵庫から卵を取り出すと、ボウルに割り入れて菜箸でカシャカシャと溶く。

手慣れた様子に、またしても見惚れてしまった。

「へえ……星川は料理得意なんだな」

「一人暮らししてるから、ある程度はね」

「そっか。機械音痴だって言ってたから心配したけど……まあ、さすがにコンロとかレンジは使えるよな」

俺のその言葉に、はた、と星川が固まった。

それから慌てた様子で首をぶんぶんと横に振る。

「ううん！　使えないの！」

「え……？」

「そうそう〜コンロとかレンジとか使えなくて困ってたんだよね〜」

星川が、うんうん、と強く頷きながら言った。

火を通す系の料理の下準備をしていたというのに、使えない？

一年も一人暮らししてたのに、それはなんと言うか……

「……星川、大変だったな」

「え？」

「加熱機器が使えないとか、不便にもほどがあっただろ」

　人類が火を使えるようになってどれだけ発展したのか。その逆を考えれば大変さがよく分かる。料理で加熱できないとか、縛りプレイでも難易度が高すぎだろう。非加熱のメニューなど、サラダや刺身くらいしか俺には思いつかない。


「そ……そうなの！　不便だったの!!」

「これまでどうしてたんだ？」

「えっとー……お漬物とか？　冷ややっことか？　食べてたかも？」

「マジか。それなのに、卵焼きに味噌汁まで作ろうとしてくれてたんだな」

「う、うん。まあね？　ちょっと張り切りすぎちゃってね？」

「あれ、この炊飯器……もしかして飯は炊けてる？」

「こここれは使えるようになったの！　なんとか！　気合で!!」

「そうか。気合で克服するなんて、えらいな」

「あっ吉野くんに褒められた――……じゃなくて、そ、それでね！　コンロの使い方、教えてください！」

折り目正しく頭を下げる星川。お行儀がいいな。

しかし、コンロなんてカチッとボタンを押したり、つまみを捻ったりするだけだろうに……

そう思っていたのだが、星川の家はＩＨ調理器のクッキングヒーターかつ多機能だった。これは確かに、ただ使うだけならともかく、使いこなすのは少々難しいかもしれない。

とはいえ、ボタンを押すのは同じだ。

「星川、真ん中にあるのがオンオフのスイッチで、火力調整は右の――」

「わかんない」

キッチンの入り口から指で指示しようとしたところ、星川が困り眉になって言った。

鍋を持ったまま、上目遣いで俺を見つめる。

「……から、吉野くん、こっちに来て教えて?」

「えっと――……」

「隣で教えて?」

「俺は卵かけご飯でもいいけど――ごめんなさい」

ぷくぅ、と星川が頬を膨らませていた。

そうでした。居候の身で躊躇うなど許されない。

俺は星川のすぐ隣に立ち、クッキングヒーターの使い方を教えることにした。


「ここが、スイッチな。で、これが――」


示した拍子に、肩に星川の身体が触れてしまった。

瞬間、ぶわっと……急激に熱が上がったように顔が熱くなる。

だから近寄りたくなかったのだ。

さっき至近距離で見た、寝起きの星川を思い出してしまうから……


「吉野くん？　大丈夫、顔赤いけど？」

「あ、ああ。鍋が熱くなってきたからじゃないかな」

「ふぅん、そっかぁ……」


星川が目を細めた。

なんだか満足そうに見えるのは、俺の気のせいだろうか。

星川の隣で火力の調整の仕方をレクチャーし、それから間もなく朝食が出来上がった。

今までここで加熱調理ができなかったなど信じられないくらい、星川の作った料理は見事な出来栄えだった。卵焼きの巻き方とか、かなり手慣れて見えたし……一人暮らしをする前、実家にいた頃にでもたくさん作っていたのかもしれない。

その味も、見た目の完成度に違わなかった。

料亭の味ってこういう感じかもしれない。俺は料亭とか行ったことないけど。

「おいしかった？」

テーブルの向こうから星川が話しかけてきた。

これまでにないシチュエーション、交わしたことのない会話にドキッとする。

思わず咽そうになるのを堪えて、口の中の卵焼きを呑み込んだ。

「……うん。めちゃくちゃおいしいです」

「そっか！　よかったぁ」

「星川の彼氏は幸せだな」

「えっ、彼氏？　えっと……よ、吉野くんは、幸せだと思う？」

「ああ。だって、こんなおいしいご飯を食べさせてもらえるわけだろ？」

「～～～～～っ、ありがとう、嬉しい……」


星川が真っ赤になっている。

褒められ慣れていないのだろうか。星川はよく赤面している気がする。学校では涼しい顔やお淑やかな笑顔しか見たことなかったんだが。

……あ、そうだ。彼氏といえば。


「あの、飯もそうなんだけどさ。寝床だけじゃなくて、パジャマとかこの服まで貸してくれてありがとう」

「気にしないで。あと、その服は吉野くんにあげる」

「そんな、いいのか？　あ、そうだ。金払うよ」

「えっ？　いらない、いらない！」

「だってこれ新品なんじゃ……それに星川の彼氏とかの服じゃないのか？」

「ん？　彼氏？　えっと……なんの話？」

「あー……星川、彼氏がいるのかなって思ったんだけど」

「いないよ？　え、なんでそう思ったの？　え？」

「それは――」

俺は星川に、用意があったパジャマや下着、歯ブラシ等が彼氏のものだと思ったと話した。

星川はポカンとした。

だが、次の瞬間には「違うよ！」と首をブンブン横に振って否定した。

「彼氏なんていないないし、これまで一度だっていたことない……パジャマとか下着とか歯ブラシとかは、必要になることもあるかもしれないって備えあれば憂いなし的な感じで用意してただけで……たまたまだもん……」

「そ、そうだったのか」

「それに、この家に入れたのだって……吉野くんが、初めてだから……」

早口でまくし立てたあと、星川はもじもじしながらそう言った。

知らぬ間に、俺は記念すべきこの家の来訪者第一号になっていたらしい。

……そういうことは部屋に入る前に言って欲しい。

いや、言われてたら言われてたで、尻込みして星川に面倒な思いをさせたかもしれない。

だから、これでよかったのかもな。


そっか。俺が初めて……マジか。急に恥ずかしくなってきた。


「あのさ、星川……俺にできることあったら、言ってよ」

「え？」

「昨日さ、本気で野宿しようって考えてたんだ。最悪だけど、仕方ないって。でも、星川のおかげで最悪な状況が回避できてさ。しばらく住ませてもらえて、しかも、こんなうまい飯まで食わせてもらって……もう、どうお礼したらいいのか、俺には分からない。だから、なんでも言って欲しい」

「もうめちゃくちゃにして……」

「え？」

「あっ、嘘、うそうそ、今のは間違い！　なんなら吉野くんの聞き違いで記憶違い」

「そ、そうなのか」

めちゃくちゃにしてって言われた気がしたけど……いや、そうだよな。

星川がそんなこと言うわけない。「（生活を）めちゃくちゃにしやがって」なら分かるし、それなら本当にごめんなさいなんだが。


「じゃあデート……じゃなくて、買い出しとか一緒について来てほしいな」

「そんなんでいいの？」

「うん。で、そのあと一緒にご飯作ったり……あ、ほら！　私、クッキングヒーターとかの使い方がまだよく分かってないじゃない？　それなのに一人で使ったら危ないじゃない？　危ないと思うの」

「そうかもしれない」

「そうなの！　だから、一緒に、ね？」

「別にいいけど……っていうか俺が代わりに作ってもいいし」

「吉野くん、料理できるんだ？」

「カップ麺（めん）とか、インスタントでよければ」

「ぷっ……くふふっ……」


星川に笑われた。

すみません、それを料理と呼ぶのはおこがましかったですね。


「ごめんね、笑って。あ、馬鹿(ばか)にしたわけじゃないの」

「されても仕方ないと思ったけど」

「じゃあ、作って欲しいな」

「え？」

「食べてみたいの。吉野くんが作ってくれたものなら、なんでもおいしいはずだから」

「えー……人に作ってもらうとおいしく感じるものかもしれないけど、でも、俺のは別に」

「そういうことじゃないんだけどなぁ」


言いながら、星川は苦笑した。

そういうことじゃないのなら、どういうことなのか。俺の手料理とか、本当に期待してもらうような代物じゃないんだけど。


「星川がそうして欲しいっていうなら、そのうち作るよ」

「やった」

星川の顔に浮かんでいたのは、学校でも見たことのない満面の笑みだった。もしかしたら、俺しか知らないかもしれない表情……

彼女のそんな笑顔に、俺も思わず頬が緩む。

世の中の状況を考えると不謹慎なのかもしれないが……なんだか、楽しい生活が始まる予感を覚えた。

現に俺は、外に出るまで、世の状況をすっかり忘れてしまっていた。

日中、星川と近所のスーパーに買い出しに行くことにした。

しばらく自宅での引き籠り生活が続くだろうということで、食材やら生活用品やらを買い足しておこうということになったのだ。

二人でマスクを付けて外出する。

外ですれ違う人は土曜日のわりに疎らだったが、みな、俺たち同様にマスクを付けていた。花粉症の時期ですら、ここまでマスクだらけではなかった気がする。

「おお……何もねえ……」


スーパーのマスクやトイレットペーパーの棚の前で、俺は唖然とした。

棚が見事にすっからかんだった。

ＳＮＳでもそんな話題を見かけてはいたが、どうやら世の中では買い溜めという事象が起きているらしい。寮生活で実感がなかったが、実際に目にするとなかなか衝撃的だ。

仕方がないので、このへんはまた後日……ということで食材を買う。

目的の商品をカゴに入れていった先、レジは激混みだった。


「普通に密だな……」

「だね。吉野くん、あっちに行こう」


店員が対応してくれるレジの傍らに、セルフレジのコーナーがあった。

星川は人が行列を作っているレジを避けて、空いているそちらへ向かう。マンションから近いスーパーなので、星川は何度か来ているのだろう。勝手を知っているようだ。だが、

「星川、そっちでいいのか?」

「うん。こっちのほうが早いから」

「セルフレジは使えるんだな」

「使えないよ?」

当たり前でしょ? と言うように、星川が小首を傾げた。

そっか。キッチンの調理器具すらまともに使えなかった星川である。近所のスーパーではあるが、セルフレジが使えなくとも、おかしくはないか。

「これは、こうやんの」

言って、俺は商品をレジに通していった。

使ったことくらいはあるので、やり方は知っている。

星川はマスク越しにも分かるくらい俺の様子を満足そうに見守っていた。見て欲しいのはレジのほうなんだけど、なぜか俺の顔を見てくる。

「えっと……俺の顔、なんかついてる?」

「え？　マスクならちゃんとついてるよ？」

「そうじゃなくてだな……いや。いいや」

「？」


商品の読み込みが終わったあとは、星川がクレジットカードで支払いをしてくれた。彼女が財布から取り出したのは、お金持ちや偉い人が持ってそうな黒いカードだった。何も訊かずに、見なかったことにする。お嬢様なら、普通に持っているものかもしれないし。

せめて荷物係になろうと、俺は買い物袋を請け負った。

そうして二人、客も商品もまばらなスーパーをあとにする。


……どこかで休憩でもしていきたいと思ったけど、無理かな。


外出する時は一人でもそう考えるし、今日に至っては二人だ。

星川に泊めてもらったお礼に何か奢るなどしたい気がしたが、小洒落たカフェはどこもかしこも閉まってる。モッグなどのファーストフード店は逆に人でいっぱいだ。開いている店が他にないせいで、客が集中しているらしい。

星川と二人きりの空間が平和すぎて、外はまるで別世界のようだった。

「んー……肉とかも買ったし、大人しく帰るか」

「吉野くん、どこか寄りたいところあるの？」

「ああ、いや……せっかく星川と一緒に外に出たしさ。泊めてもらったお礼に休憩がてら何か飲み物とか奢ろうかと思ったんだけど、どこも閉まってるみたいで」

「そ、そんな、気にしなくていいのにっ……！」

「とは言ってもな。何か悪い気がするというか」

「あっ！　じゃあ、そのうち、おうちでカフェしようよ！」

「うちで？」

「うん！　せっかくだから、おっきいプリンとか作ったりして。最近、自粛期間の過ごし方で流行（はや）ってるみたいなんだよね」

「ああ、それは楽しそうな……でも星川、プリンとか作れるんだ？」

「うん。私、お菓子とかデザート作るのも得意だから」

そんな話をしながら、星川のマンションまで、元来た道を戻ってゆく。

「デザートも得意って、星川は本当すごいな。料理も上手かったのに」

「えへへ、そう言ってもらえると嬉しいな」

「そういやプリンって作るのに加熱するんだっけ？」

「うん。そうだよ。蒸したり、焼いたり」

「それはレンジとかで？」

「レンジでもできるけど、私は――こほん。わかんない」


目を細めているが、星川の表情は、マスクのせいでイマイチよく分からない。

だが、謎の圧を感じるので追及はやめておいた。


それにしても、星川は機械の話に敏感すぎるような気がする。

なんつーか、アレルギーみたいなものだろうか？　つらい人にしかそのつらさが分からない的なやつというか――


「あ。星川、ここ、歩行者用ボタン押さないと」

「わかんない」

「そこを押すの」

「わかった♡」

説明すると、星川はなぜか嬉しそうにボタンを押した。

星川は学年首席だ……だが、それでも俺と同じ人類なので、苦手なことがあってもおかしくはない。

それに、人より大きく秀でたところがあるのだ。逆に大きく劣っている部分だってあるだろう。むしろそのほうが自然かもしれない。

「星川、エレベーターのボタンを」

「わかんない」

そう、おかしくはないのだ。俺は可能性を否定しない。

おかしくはない……ないのだが……

「吉野くん、どうかした?」

星川宅の玄関に入り立ち止まった俺に、星川が不思議そうに声をかけてきた。

……いや、やっぱりおかしいって。

星川は機械音痴ではない。

だって、俺は覚えている。


昨日の夜、公園からマンションへ向かう道中で、彼女が押しボタン式の歩道でボタンを押して渡っていたのを。

エレベーターだってそうだ。

俺が最初にこのマンションに来た時、ボタンを押したのは彼女である。

というか、一年も住んでるのにマンションのエレベーターボタンの操作すらできないとか、あり得ない。そもそもエレベーターを使わずにこの年齢とか、さすがにないだろ。

キッチンだって、Wi-Fi（ワイファイ）の件だって、彼女の話には無理を感じる。論理的に破綻しているのだ。


「星川」

「なに？」

「その…………………………買い出し、お疲れ」

言えなかった。

星川は、嘘をついているんだろ？　本当は機械音痴じゃないんだろ？

そう訊きたかったのだけれど……でも、星川のキラキラしている目を見たら、なんだかどうでもよくなった。

楽しそうで何よりです。守りたい、この笑顔。

……けど、何が楽しいんだろう？

機械音痴のフリをして、一体、彼女になんのメリットがあるというのか。

まさか俺を家に誘い込むため——なわけないよな。

星川が俺の反応を見て楽しんでいるのは、俺も薄々気づいていた。

しかし、どういう楽しみ方をしているのかは不明だ。

馬鹿にされているような悪意は感じない。むしろ好意のような気がする。

だからこそ、わけが分からないのだ。

星川が俺に好意を向けるなんて、異常事態だから。

でも、今は世界が異常事態だ。

……ってことは、そういうことも、あるかもしれないのだろうか。

つまり、星川が俺に好意を寄せている、なんてことが。

◆

星川と買い出しを済ませたあと、俺は一人で学校に向かった。

星川と二人きりでいると変な気を起こしてしまいそうだったので、気分転換も兼ねて寮の状態を見てこようと思ったのだ。

もしかしたら寮の消毒や再開の日程が決まっているかもしれない、と。だが、

「生徒の校内立ち入り禁止……？」

そう書かれた立て看板が、校門前に陣取っていた。

門の中を覗けば、確かに人の気配が薄い。

平時は休日であっても、校内からは部活動に勤しむ生徒の声などが聞こえてきたものだ。だというのに、いま聞こえるのは鳥の囀りくらいである。

看板を無視して中に入れなくはない。

しかし、教師や警備員に見つかると面倒なので、やめておいた。

人の気配が薄いのは学校だけではなかった。

街中も、やはり妙に静かだ。

スーパーには人がたくさんいたけど……ゴーストタウンになったように人気のない通学路を眺めながら、星川の待つマンションへ戻る。

寮を追い出されて、行き場がなくなって、それでも現実感があまりなかった。

世の中がこれまでと変わったんだって……そう遅れて実感したのは、少しは状況が落ち着いたからだろうか。

「あっ！　吉野くん、おかえりなさい」


帰宅すると、ふわふわしたルームウェアを着た星川が出迎えてくれた。

外の空気と室内の空気が、まるで別物に思えるのは気のせいだろうか。もちろん室内のほうが綺麗（きれい）な空気だという意味で。


「ただいまー……」

「？　どうしたの？」

「あ、いや……なんでもない。うがいしてくる」


星川を見て、ぼんやりしてしまった。

あの星川に「おかえりなさい」と言われるなんて、これは現実だろうか？　と考えてしまう。

世の中の変化よりも、俺には重要かもしれない。

だからだろう。状況は落ち着いても、気持ちはさっぱり落ち着いていないようだ。ふわふわと夢心地で、足元がおぼつかない感じすらする。

バツの悪さを隠すように、俺は洗面所に向かった。

手を洗って、ガラガラ、うがいをする。

こんな風に丁寧にやるのなんて幼稚園以来な気がするし、手をエタノールで消毒していたことなんて、たぶんこれまでなかったと思う。

正直、一人だったらやっていないかもしれない。


……でも、俺は今、一人じゃないんだよな。


しんみりと静まり返った人気のない街を歩いたあとだからだろうか。

星川の笑顔が、彼女が待っていてくれる空間が、やけに温かく穏やかで心に沁みた。

◆

星川は機械音痴ではない。

そういうフリをしているだけだ。


そう気づいたものの、俺は素知らぬ態度を貫くことにした。

理由は、ただ一つ……彼女との同居生活を続けたかったからだ。


まず、俺には身を寄せられる場所がない。

それだけじゃなくて、クラスで一番の美少女との同居。

しかも寮など比較にならないほどの高級マンションで三食メシ付きだ。

料理は美少女の手作りで、さらに美味い。そこらの外食よりも好きだし、ぶっちゃけ母親の手料理よりも舌に合う。俺の好みを知り尽くしているかのような絶妙な味付けなのだ。

よこしまな感情抜きにしても、これだけのメリットがある。


……よこしまな感情については、言わずもがなだ。

星川と、いい感じの間柄になれるかもしれない。


身の丈にそぐわない期待だということは、重々承知している。

しかし、今の状況でまったく期待するなと言うほうが無理だろう。なんなら事情を知る他人がいれば、本人である俺よりも考えるかもしれない……いや、俺と星川とじゃ釣り合わないと思われるか。

いずれにせよ、俺にとってこの同居はありがたい状況だった。

敢（あ）えて自分から手放したりはしたくない。

だから、気をつけねば。

星川の機嫌を損ねるような真似（まね）はしないように、俺の下心が見えたりしないように——


「吉野くんの、えっち」

「ごめんなさいッ!!」

星川の呟（つぶや）きに、俺は反射で土下座していた。

星川の機嫌を損ねないように、と決意したその晩のことだった。

俺の手の中には、三秒前まで星川の下着（パンツ）が握られていた。

何が起きたかというと……星川の下着を拾ったのだ。

脱衣所に置いてある洗濯乾燥機の前に、何か白いものが落ちていると思って拾い、その直後にたまたまタイミングよくやって来た星川に現場を押さえられたのである。

「だ、断じてやましい気持ちで拾ったわけではなく……拾ったものがそれだったというか……」

「え、えっと……吉野くん、冗談だよ？　そんなに怯えないで？」

キョトンとしたあと、星川は慌てた様子でそう言った。

土下座する俺の肩に手を当てて、手を取り立たせようとする。

「私こそごめんね、変なものを目につくところに」

「いや変なんかじゃないよ、すべすべで——ごめんなさい」

気づいた瞬間に再び土下座した。

俺はバカなのだろうか。

手触りについての感想なんて誰も聞いていないというのに。なぜ余計なことを口にしたのだろう。バカだからか。たぶんそうだ。

「気にしてないから、ね？」

星川がしゃがんで、俺を覗き込んでくる。
その瞬間、胸元のキャミソールがたわんで、隙間から見えたものがあった。

下と同じような質感の、淡いピンクの下着（ブラジャー）だ。

「ごめんなさい」
「えっ……？」
「白状します、見えました」

抱えていられなかったので、訊かれるより先に己の罪を告げた。
これで星川に追い出されても、それはもう仕方がない。星川の家だ、星川が好きに選べばいいのだ。俺の希望なんて考慮する必要すらない。

「別にいいよ」

断罪を覚悟していた俺に、星川はそう囁(ささや)いた。

驚いてちらりと顔を上げれば、星川の顔には慈愛に満ちた微笑みが浮かんでいる。


「……いいの？」

「うん。吉野くんだから」


にこにこする星川と、俺はしばらく見つめ合った。

言われたことの意味を考える。

俺だから、いい……


……警戒しなくてもいいってことか？


「少しは警戒したほうが……」

「えっ？」

「い、いや、なんでもない。ごめん、本当」


立ち上がりもう一度謝罪を述べてから、俺はその場からそそくさと離れた。

　これ以上、余計なことを言うわけにはいかない。俺に自傷癖はないんだ。自ら致命傷を負いに行く必要はない……

◆

　翌日の日曜は、平和だった。

　昨日の事故などなかったかのように、穏やかなまま一日が過ぎてゆく。

　まあ、ちょっと不穏……というほどのことではないものの、気になったことはあったが。

　星川が、やたらとくっついてくるのである。

　近いのだ。

　密どころの話ではない。

　密着。肌と肌とが触れる距離まで近づいてくる。たとえば、

「吉野くん、スマホの画面が映らなくなっちゃった」

そう言って俺にスマホを渡すと、ペタッとくっついて手元を覗き込んできたり、

「吉野くん、お湯が出なくて」

などと言って、冷水でつめたくなったという手で俺の手を握っては熱を奪っていったり、

「吉野くん、トイレの電気がつかなくて」

と困った様子でトイレに誘い、電球の確認をする俺の背中にぴったりくっついたりした。

そんな風に機械音痴のフリをしながら、星川は俺が油断した隙を埋めるようにすかさず密着してきたのである。

……いや、ちょっとじゃないな。不穏でしかない。

油断すると押し倒し兼ねなかった。危険だ、俺が。

だから俺は、可能な限り彼女と距離を取って一日を過ごそうとしたのだ。磁石の対極のように。彼女から名前を呼ばれない限り、接触を避けた。

だからだろう。

「吉野くん……私、何かしちゃった？」

夕食後。星川に、そう訊かれた。

彼女が床に座り込んで不安そうな顔をしていたので、ソファでスマホを弄っていた俺は慌てて否定する。

「いや、何もしてないよ」

「本当に？」

「本当」

「本当に本当？」

「本当に本当です」

星川からの追及に、変な汗が出てきた。

そんな俺に気づいているのか否か。星川が、じりじり、とカーペットの上を猫みたいに四つん這いでにじり寄ってくる。

「ふーん……なんか避けられてる気がするんだけど」

「それは――み、密の回避？」

星川を押し倒し兼ねないから……とは言えなかったので、最近よく聞く言葉を使ってみた。

嘘は言っていない。

だが、星川に、しゅん、とされた。

「……さみしいな。せっかく一緒にいるのに……でも、そうだよね。私から何かうつったりしたら嫌だもんね」

「いやいや、そうじゃないんだ。星川からうつされるならむしろ歓迎するし」

「えっ？」

アホの口が滑った。

この事態に不謹慎この上ないし、気持ち悪いだろ。

「嘘、ごめん、キモくてごめん。今のはナシで」

「嬉しい」

「え?」

「じゃあ、もっとくっついちゃおっかな」

星川が体勢を変え、俺の隣に座る。ぴったりと、肩と肩をくっつけて。

そのまま彼女はスマホを弄り始めた。


……えっと、これは一体?


状況が理解できずにいる俺をよそに、星川はそのまましばらく満足そうに過ごしていた。

温かくて、やわらかくて、あといい匂いがする。

とても平和だ。


だが、俺の心の中だけは一日が終わるまでずっと騒がしかった。

……本当に、焦(あせ)った。

吉野(よしの)くんに避けられてる感じがしたから、何かまずいことをしちゃったのかなって。
いや、確かにまずいことはしたと思う。

下着を落とした――フリをした。

吉野くん、困ってたよね……うう、意識させようとして、やり過ぎちゃった……
あと、べたべたくっつきすぎたかもしれない。
しつこくしすぎた自覚が私にもある。反省するのが遅すぎるんだけど。
だから、吉野くんの私を避けてるみたいな反応、嫌われちゃったのかなって焦った。
だけど……でも、そうじゃなかったみたい。

安心した。けど、気をつけないと。

超えちゃいけないラインは、間違えちゃだめ。

機械音痴だっていう嘘も、まだバレてないみたいだけど。

あれもこれもって思いついたまま勢いで知らないフリをしちゃったから、さすがに怪しまれてるかも……

欲張りすぎちゃだめだって分かってるけど、でも、吉野くんに教えてもらえることは全部教えてもらいたい。私の知識と経験、全部、吉野くんに上書きされたい。

……嘘がバレた時、吉野くんは私のこと、嫌わないでいてくれるかな。

嘘といえば……吉野くんの隣でスマホを弄ってたけど、実はあれもフリだ。

実際は、吉野くんの体温や匂いに集中していた。

というか、大好きな人と一緒にいて、他のことなんてできるわけない。

吉野くんが出かけてる間だって、早く帰ってこないかなって待ちきれなかったんだから。

……気持ち悪い、かな。

でも、今まで教室ではずっと遠くから見てるだけだったから、我慢しろって言われても無理だよ。

ああ、もっと近づきたい。

私の世界と、吉野くんの世界。それをぴったりくっつけて、日常が戻ってきても離れないようにしたい。

そのためには、どうしたらいいだろう？

第三話　リモート授業とRoom（ルーム）ランチ

When I got to remote class, I had to move in with the most beautiful girl in my class.

波乱万丈の金曜から一転。

俺（おれ）の心の動きを除けば平穏な週末が過ぎ、月曜がやって来た。

「吉野（よしの）くん、おはよ」

朝、洗面所に行くと、そこで星川（ほしかわ）と鉢合わせした。

同じ家に住んでいるのだ。

そういうことになるのも不思議ではないし、もう朝が来るのも三度目だ。

「ふぁ……」

あくびする星川もかわいい。

やっぱり口元に目がいってしまう。しっとり潤っているのが分かって、見てはいけないものを見ているような、やましい気分になるのは俺だけだろうか。

あと、これは見下ろす角度的に視界に入るから仕方ない、と言い訳させてもらいたいんですけど……


でかい。


純粋にそんな言葉が浮かぶ。

俺の視線の先で、胸のふくらみがパジャマの薄い布を持ち上げていた。

しかも、どうやらノーブラという状態らしい。

ふくらみが寝起きの星川の不安定な動きに合わせて、ふゆふゆ、と小刻みに振動している。

特大サイズのプリンを並べたら、こんな動きになるだろうか。

こんなの見ないようにとか、意識したところで無理だろ。

「……あ、顔洗うよね。私もう終わったから、どうぞ――あっ」

星川が俺に場所を譲ろうとした時。

彼女がふらついたので、思わず俺は手を出してしまった。

瞬間……ふゆ、と。


手のひらにやわらかいものが当たった。

プリンよりも、もっとやわらかくて、ずっと優しかった。


「わ、悪い」

「う、ううん！　ありがとう、むしろこっちこそごめんね」


照れたように笑いながら、星川は「ここ、どうぞ」と言って洗面所を去っていった。


彼女の余裕がある返しにホッとする。

よかった……今の、他の女子だったら平手打ちとかしてきたかもしれない。明らかに事故だったのだが、俺の手のひらは星川の胸のやわらかさを堪能してしまったわけだし。

一瞬、無意識に指に力を入れてしまったのだが、星川にバレていただろうか。

俺が反応してたのとか……気づかれてないといいんだけど。

しかし、星川に気を取られてばかりはいられない。

なにせ今日からは、いよいよリモート授業が始まるのだから。

◆

リモート授業は、普段の学校と同じ時間割だ。

制服を着て受けるのも同じである。

自宅にいるのに無意味だとは思うが、うちの学校は変なところに拘るらしい。学校に通っている時とほとんど同じような状態で授業を行いたいようだ。

通学時との大きな違いは、ただ一点。

生徒たちが授業を受ける場所が、学校ではないということだけだった。

教師たちが学校の教室で授業を行い、生徒たちはスマホやタブレット、パソコンを通してネットワークを使い、遠隔でライブ形式のそれを受けるのである。

さて、そんなリモート授業の記念すべき初回、一時間目。

俺は一人、星川の家のダイニングで受けていた。

テーブルと椅子が、授業を受けるのにちょうどよかったからだ。

星川はというと、自分の部屋で受けている。


――『二人で受けてもいいんじゃないかな?』


そう星川は言ったが、俺は断った。

星川の部屋には勉強用のデスクも椅子もある。わざわざ俺に合わせて学習環境のレベルを下げなくてもいいだろうと思ったのだ。

それに……もし俺が星川の家にいるなどクラスでバレてしまったら、大変な騒ぎになってしまう。俺はただ羨ましがられるだけなのでさして痛手はないだろうが、星川に迷惑をかけるのは避けたい。

……好きでもない男と噂されるのは、星川だって嫌だろうしな。

リモートという初めての授業形態ということもあり、今日の授業は午前中のみである。

短いが、気を引き締めて受けよう。

俺がそう決意した矢先のことだった。

『星川さん？　星川さーん？　……あら。接続切れちゃったのかしら？』

授業開始から数分後、教師が首を傾げながら言った。

教師の手元のパソコン画面では、生徒がアクセスしている様が見えているらしい。

家に体調不良者でもいれば別だが、わざわざ家の中でマスクすることもないので、画面には生徒たちの素の顔が並んでいるはずだ。

つまり、サボればバレるのである。

自然な自撮り動画でも流しておけば別かもしれないが、そこまで手をかけてサボるやつは恐らくいない。俺だって、初回はサボれるラインを探るように様子見したいと思いながら参加しているし。

だが、どうやらサボろうとすら思っていなかっただろう星川に、アクセス上の問題が起きたようだ。

『うーん。星川さん、繋がってないみたいね……まあ最初だし、こういうこともあるわよね。それに星川さんだし大丈夫でしょう！』

そう言って、教師は気にせず授業に戻ってしまった。

星川がこれまで積んできた実績がいかに大きなものか分かる反応である。

俺だったらサボりだと思われて追及されたことだろう。まあ、俺はそもそも気配が薄いのでサボっても気づかれることはないだろうけども。

しかし、星川のやつは大丈夫だろうか。

機械音痴だって言ってたし、パソコンのトラブルが起きてるかも……

『じゃあ、この問題を——吉野くん』

「へ？　……あ、はいっ」

素で驚いた。

実は、学校の授業、今まで一度も当てられたことがなかったからだ。

世の中に異変が起きたせいかもしれない。こういうこともあるんだな。

よし。これまで当たらなかったぶん、しっかりと答えてみせよう。どれどれ、当てられた問題は――


「吉野くん」

「うえっ⁉」


突然、足元から囁（ささや）くような声がしたので、変な声を出してしまった。

見れば、そこに星川がいた。

四つん這いだ。

ＷＥＢカメラに映り込まないように、その体勢で自分の部屋から移動してきたのだろう。

『吉野くん？　どうかしましたか？』

解答を待っていた教師が、怪訝（けげん）そうに尋ねてきた。

あれだけ大きな声を上げたのだ。誤魔化（ごまか）しようがない。

けれど、星川がいることはバレていないようだった。となると、

「あの、ゴキブリが出ました」

『えっ⁉　大丈夫ですか？』

「大丈夫じゃないので退治してきます。すみません、ちょっと抜けます」


初めて問題を解答する記念すべき機会だったが、致し方ない。言い置いて、俺は教室を抜けるかのように、パソコンの蓋を急ぎ閉じた。

クラスのやつらに汚い家に住んでいると思われたかもしれない。だが、あの害虫はどこにいてもおかしくないのだ。海底火山からできたばかりの島でも、いつの間にか住んでるレベルらしいからな。ごく自然な言い訳だったはず。


さて……恐らく誤魔化せたところで、星川である。


「星川、どうかした？」

「あ、あう……」

「？　大丈夫？」

「ご、ゴキブリ……どこ……？」

星川がぷるぷると震えている。
四つん這いのままのせいか、なんだか怯えている小型犬のようだ。

「いないよ」

「……え？」

「悪い。それは授業を離脱するための嘘」

「う――嘘かぁ～！　よかったぁ――……」

ホッとしたのか、星川は腰が抜けたようにその場にペタンと座り込んだ。
椅子に腰かけたまま見下ろしていたせいで、いい眺めだな、なんてふと悪いことを思ってしまったのは黙っておく。一生、星川には内緒にしておく。

「そっちこそ何かあったのか？　なんか星川の接続がどうのこうのって先生が言ってたけど」

「えっと、実は、パソコンがおかしくて……」

見れば、星川はノートパソコンを抱えていた。

「あー、どれどれ。見せて――」

パソコンに手を伸ばした瞬間、星川がさっとそれを避けた。

上目遣い（うわめづかい）で俺を見てから、リビングのテーブルへ向かうと、その上にパソコンを置く。

そして、パソコンの前に姿勢正しく正座した。

「……えっと、星川？」

星川は俺を見つめたあと、自分の隣をちらりと見た。

チラッチラッと何度かそれを繰り返す。

まさか……こっちに来いってことか？

一体なんだろうと疑問に思いつつ、俺はダイニングの椅子から立ち上がり、星川のほうへ向かおうとした。

だが、ぶんぶん、と星川が首を横に振った。

「え、何？　違うの？」

「むぅー」

　桜の花びらみたいな唇を尖らせて、星川が何かを訴えようとしている。

　喋らないのは、声がマイクに拾われないようにしてのことだろうか？　パソコン閉じてるから、その心配は不要なのだが。

　ジェスチャーだけで伝えようとしてくる星川は、ちょっとめんどくさいけど、それを上回って絶対的にかわいい。それだけで何もかも許せる。

　だが、要求が分からない。なので、一旦、元の椅子に座ることにした。

「んーん」

　首を振られた。元の椅子に戻るのはダメらしい。

　えーと、じゃあまさか……

「ん♡」

ダイニングテーブルの上のパソコンを持ち上げたら、星川がにっこりした。

……仕方ない。パソコンを持って星川の隣に行く。

ここに座って、と言うように星川がカーペットをポンポンと叩いたので、俺は星川の隣に腰を落ち着けた。互いのパソコンを並べるようにテーブルの上に置く。

「画面が急に真っ暗になっちゃって、どこを触っても動かないの。もしかして壊れちゃったのかな?」

テーブルの上のノートパソコンを開き、星川がそう説明した。

確かに画面は真っ暗である。

どれどれ、と様子を見るためにパソコンに近づく。えーと、とりあえず触るか。

あー……っていうか、これはまさか……

「……ついたぞ星川」

「あっ、本当だ」

「電源が落ちてたみたいだな」

「へ、へえ、そうなんだ、なるほどー」

星川は目をしぱしぱさせている。

……この狼狽(うろた)えた様子だと、電源が落ちてるって知ってたんだろうな。

というか俺もあっさり気づいたことだし、これは一体、なんのためのフリだったのだろう？

「……じゃあ、俺、戻っていい？」

「授業に？ もちろん」

「あ、いや――」

ダイニングテーブルに戻るという話だったのだが。

しかし、パソコンも持ってくるように言われたので、ここで授業を受けろということなのだろうな。

仕方がないので星川を授業に再ログインさせたあと、隣に腰を据えて俺も入り直した。

もしかして、星川はこれを狙(ねら)っていたのだろうか。

二人で隣り合って授業を受けるという状況を……いや、まさかな。

『ああ、星川さん——と、吉野くんも戻ってきましたね。無事に退治できましたか？』

「ええまあ、おかげさまで……」

……どういうつもりなのだろう、星川は。

俺と隣り合って授業なんて嫌じゃないんだろうか……なんて考えて、隣を覗き見した時だ。

パチッ、と星川と目が合った。

にっこりされた。

俺も思わず微笑み返してしまう。かわいいかよ。

なんか星川も別に俺のこと嫌そうじゃないし、このまま並んで授業を受けたらいいんじゃないかな。バレなきゃ大丈夫なんだし、さっきみたいに変な声とか上げず、大人しくしておけば教師にマークもされないはずだ。

そう楽観的に思っていた俺は、このあとよくよく思い知ることになるのだった。

……星川に対して、自分の想定が甘かったことを。

通算三十回オーバーだった。

なんの数字かって？

本日の授業中、俺が奇声を上げそうになった回数ですありがとうございました。

犯人は、もちろん星川である。

パソコンの様子がおかしいと言っては、画面を覗き込もうとする俺の耳に息を吹きかけたり、マウスを握ろうとする俺の手の甲を指でなぞったり、ありもしない消しゴムを落としたなどと言っては俺の太ももに触れたりしてきた。

つまり、星川に三十回もいたずらをされたことになる。

正直に言おう。ドキドキした。

いたずらされたのに、ありがとうと言いそうになった……いや、いま言ってたな。

俺は混乱しているのかもしれない。かもじゃないな、してるわ。こんなの、しないほうが

おかしい。

だって星川が耳に息吹きかけてくるんだぞ。

俺の手の甲を白くて細い指でなぞって、俺の太ももに触れてくるんだぞ……しかも内側。

ちなみに星川の指には追尾システムでも搭載されてんのか、テーブルの上だろうが下だろうが俺の手を追いかけてきた。そして小動物でもかわいがるような手つきで、優しくスリスリしてきたのだ。


……あの。なんですか、これ？


ヒヤヒヤした以上に嬉（うれ）しかったけど、意味が分からない。

なぜ俺を嬉しがらせる星川？　一体、何が目的だ？　金なら、俺は二万円しか持ってないぞ。っていうか絶対に星川のほうが金持ってるだろうし……っていうか授業中だぞ……


「吉野くん、授業お疲れ様♡」


パソコンを閉じた星川が、笑顔で言った。

どういうわけか、ご満悦である。俺の反応が面白（おもしろ）かったのだろうか……？

「えっと……吉野くん、もしかして怒ってる？」

俺がじっと見つめたまま無言で考えていたからだろう。

星川の顔から花が萎むように笑みが消えた。申し訳なさそうな表情になる。

「ごめんなさい。嫌だった？」

「あ、いや……びっくりしたけど、別に嫌とかじゃないから」

「……本当？」

星川は頬を赤らめて、目にうっすらと涙を浮かべている。

うっ、と俺は狼狽えた。心臓に悪い。

クラス一の美少女のこんな艶っぽい表情……それをこんな至近距離で見せられて、何も意識しないほうが難しいだろう。が、さすがにそんな指摘はできない。気持ち悪いやつだと思われたくないし。

……でも星川、ほんっとかわいいんだよな。

全体的に色素が薄いのも、実は天使とか女神とかの類だからなんじゃないのか、と真剣に考えたくなる。

しかも、教室にいた時の優等生然とした姿とのギャップ……ずるいだろ。

こんな捨てられた仔犬みたいになってる星川、一体この世の何人が見たことあるんだ？

俺だけじゃないのか？　っていうか、俺だけがいい。おこがましいけど。

「ああ、本当だよ。嫌じゃなかった。まったく」

「じゃあ、明日からも今日みたいに授業を受けてくれる？」

「今日みたいって……一緒にってこと？」

「うん。リビングでパソコンを並べて授業を受けたら、何か問題が起きた時に吉野くんにすぐ見てもらえるし、都合がいいかなって」

「なるほど、それは確かに……」

星川の提案に、俺は考える。

互いが双方のパソコンに映り込みさえしなければいいわけだ。

「……星川、変なことはしない？」

「え？　変なことって？」

「えっと、それは……」

キョトンとする星川に、なぜか俺のほうに問題があるような気持ちになる。

もしかして通算三十回オーバーのあれやこれやは普通のことで、やましい気持ちになった俺のほうがいかがわしいのでは……？

「分かった。うん、しないよ。変なことは」

星川が、目をキラキラさせながら答えた。

この表情と今の間が気になる……が、何度も言うように、この家では星川が絶対君主だ。

そして俺は無銭飲食までさせてもらってる居候の身。家主である彼女の希望は、最大限呑むべきだろう。

「なら、いいよ。一緒に受けよう」

「よかった！」

「じゃあ、明日もこんな感じで」

「うんっ……ふふっ、楽しみ♪」

笑顔で返事をする星川に、思わず俺の頬も緩(ゆる)んだ。

星川の取り巻き的な友人には、彼女を聖女か何かのように崇拝する過激なやつもいる。

正直どうしてそんなことになるのか、俺はよく分かっていなかった。

星川を遠目にかわいいとは思っていたが、同じクラスなのに遠い世界の人間すぎて、現実感がなかったのだ。

だが、今なら過激派の気持ちも分かる。

この笑顔を教室でも見ていたら、俺もその一人になっていたかもしれないって。

⬅

翌日の授業は、前日の星川の提案どおり、最初からリビングで二人並んで受けることになった。

いい案だ……そう昨日、確かに思った。

実際、星川のパソコンにエラーが起きても、すぐに対応できる。

手を伸ばせば届く距離に星川のパソコンがあるからだ。

向き合って座るのと違って、画面の様子も分かる。何か起きても姿が映り込まないように操作すれば、ひどい惨状になる前にどうにかできる。


『じゃあ、この問題を……星川。解いてくれるか』

「はい。エンベロープは通常、脂質二重膜の構造ですが、これが消毒薬の抵抗性に大きく関与し――」


今は生物の授業中だが、当てられた星川は至って優等生だ。

これが通常――教室での星川の姿だった。

すらすらと流れるような淀みのない解答は、勉強にさして興味のない俺でも聞き惚れてしまうものがある。

しかも今は間近で聞いているせいか、耳にとても心地いい……

「くぁ……」

『うん？　なんだか今あくびみたいな声が――』

不思議がる教師の言葉に、俺は慌てて口を閉じた。

あっぶねー……。

昨日までより圧倒的に近い星川との距離感を俺は失念していた。リアルの授業ではバレないような小さな音だったが、星川のマイクには拾われてしまったらしい。

他のやつらに内緒で、並んで授業を受ける……この状況に、俺もちょっと浮かれていたのだろう。バレる危険性に対しての警戒が足りていなかった。

くす……と、マイクすら拾えない星川の微(かす)かな笑い声が俺の耳に届く。

これが、今の俺と星川との距離だ。

具体的に言うと、肩と肩とが触れ合いそうな距離である。

なぜこんなにも二人の距離が近いかというと、リビングのテーブルが小さいからだ。

猫の額ほどの狭いテーブル上にスマホとパソコンを並べ、俺たちは二人で身を寄せあうようにしてクッションソファに座っているのである。

で、この近距離が、授業中ずっと変化しないのだ。

そんなわけで、午前最後の授業が終わろうという今現在。

……正直、俺はちょっと参っていた。

授業の内容なんて頭に入ってくるはずもない。

代わりに入ってくるのは、星川についての情報だけだ。

視界に入ってくるのは、星川の綺麗(きれい)な横顔。

クラスで隣の席になっても、こんな近距離では見られないだろう……というか、パソコンの授業画面に集中していても見えてしまう。

耳に入ってくるのは、彼女の吐息や身じろぎの音。

僅(わず)かな動きに制服が擦(こす)れる微かな音ですら、星川が隣にいることを俺に意識させる。

そして鼻腔に入ってくるのは、ふわりと香る星川の匂(にお)い。

これなんだろうな。なんか、くらくらしてくる。

どうしてこんないい匂いがするのか理解不能だ。

同じ人類のはずだし、俺、同じシャンプーを使わせてもらったはずなんだけど……なぜか星川からはもっとずっといい香りがするんだよな。実は、香水みたいなものを使ってるのだろうか。それか身体から香水が出てるのかも——

「……——くん…………吉野くん！」

「はいっ！　って、やべっ」

思わず大声で返事をしてしまい、慌ててパソコンを閉じる。

星川がキョトンとしていた。

「あ、声なら大丈夫だよ。授業、もう終わったから」

「よ……かったぁ……焦(あせ)ったー……」

「なんだか驚かせちゃったみたいで、ごめんね」

「い、いや、こっちこそごめん……で、何かあった？」

「お昼ごはん、どうしようかなって」

「あー……」

星川の言葉の意味だが、これはメニューの相談ではない。

授業中、教師に内緒でこっそりと動いていたクラス専用のグループチャット・LIEN（リエン）の内容についてだろう。

このLIENのグループチャットには、同じクラスのほぼ全員が入っている。

だが、全員が会話しているとは限らない。

星川に答える前に、俺はスマホでチャット内容を改めて確認した。


【みんなでご飯一緒に食べない？　Room（ルーム）ランチ】

【いいね！】

【賛成】

【ログインしたよー】

【待ってすぐ行く】


〝Room〟というのは、WEBミーティング用アプリのことだ。

多人数テレビ電話のようなものである。

スマホやパソコンに参加者の顔が映り、全員で会話ができる。

大人はこれでオンライン飲み会なんかをしているそうだ。

そういうことが楽しいのかは、俺には分からない。やったことがないからだ。

会話するだけならネトゲの音声通話で十分だと思っていたし。そもそも、多人数テレビ電話をやれるほど友達がいない。

だが、やりたがる人間は一定数いるようだった。


ＬＩＥＮの履歴には、『みんな』という範囲がイマイチ曖昧(あいまい)な発言が並んでいる。

しかし、これも会話同様、教室のやつ全員を対象にしているわけではない。

この会話を回していた約五名は、いわゆる陽(よう)キャと呼ばれる連中だ。

つまり、陰(いん)キャとまではいかないはずだが、非・陽キャ確定の俺は含まれていない可能性が非常に高い。やつらの頭の中で点呼を取らせても、たぶん俺は出てこないだろう。今日一日の飯……俺が何気に楽しみにしている星川の手料理を賭(か)けてもいい。

しかし、星川は違う。俺とは逆に、彼女は確実に頭数に入っている。


なぜなら、この【みんなでご飯一緒に～】と言ってるやつ。

こいつが星川過激派とでも言うべき彼女の友人・日坂菜月(ひさかなつき)だからだ。

そして俺は、この日坂が大の苦手なのである。

三十人ちょっとのクラスの中で、男女問わず順位を付けても一番苦手な相手だ。

「星川はカメラ繋いで食べてなよ。俺のことは気にしなくていいから」

「でも、菜月は『みんな』って書き込んでたよ?」

星川が不思議そうに首を傾げる。

彼女には意外と分からないことが結構あるようだ。日坂の言う『みんな』に俺は入ってないって言っても、きっと理解できないことだろう。

「分かった!」

と、星川が急にポンッと手を叩いた。

何かに思い至ったらしい。

「……星川、分かったって、何が?」

「吉野くんは、菜月たちとあんまり遊んだりしてなかったよね?」

「あんまりどころか、さっぱりだな」

「そっかぁ、やっぱり……」

お。これは星川も事情を察してくれたか。

……そう思った俺が間違ってました。

「じゃあ、私が紹介する！」

「え」

「というわけで、みんなでご飯食べよう！　そのほうがきっと楽しいよ」

いや、たぶん俺はあんまり楽しくないいんですが……

そう伝える前に、星川は昼食を取りに席を立ってしまった。

二人分の弁当を手に持って戻ってきた彼女は、俺に弁当の一つを渡して、にこにこしながら着席した。

ちなみにこの弁当、星川のお手製である。

中身を楽しみにしこそすれ、その出来は確認するまでもない。既に彼女の料理がおいしいのは知っている。

そして、俺はこんなおいしい弁当を作ってもらっている身の上だ。

彼女の好意を断るのは、分不相応というものである。

……水を差すのは避けたい。

そう心から思ったので、俺は黙って星川のエスコートに身を任せることにした。

たぶん俺が参加することで星川の取り巻き——とりわけ、件（くだん）の日坂あたりは嫌な顔をするだろうけども。

『え……なんで吉野……？』

ほらきた。

日坂めっちゃ嫌な顔した。

おいＲｏｏｍは参加者全員の顔が見えるんだぞ。嫌いな相手だからって、もう少し取り繕（つくろ）

うのが大人じゃありませんかね。

っていうか、今さら疑問なんだが、俺、なんでこいつに嫌われてるんだろう……？

「吉野くんも一緒がいいなって思って」

星川の笑顔が眩しい。天使かよ。

対照的に、今にも噛みついてきそうな日坂である。

こんな風に不機嫌さを表に出さなければ、こいつも結構かわいい顔してるんだけど……思いっきり出してるので、そんな評価はないのと同じだ。ケルベロスかよ、怖ぇって。

『一緒がいいって……遥って吉野と仲よかったっけ？』

「最近仲よくなったの」

そうそう最近。三日前だけどな。

日坂の表情の怪訝そうなこと……星川の話を疑ってるんだろうな。正解だよ。ケルベロスだけあっていい嗅覚してるじゃないか。

……俺、抜けていいですかね？

『仲よくなったって、どういう関係？』
「星川とは、ただの友達ですけど」
『吉野には聞いてない』

悪かったよ。だからいちいち睨むなよ、怖ぇって。
俺に発言権がなかったの、知らなかったんだよ。

『まあ……遥がそう言うならいいけど。別に、吉野が一緒でも』
「はは、そりゃどうも……」

『別に』とか『でも』って、わざわざ言う必要あっただろうか。なかったと思うんだが、こいつとは文化圏が違うんだろうな。

……星川は、なんで日坂と仲がいいんだろう？

しかし、ここで俺は尋ねたりしない。

これ以上睨まれたくないし、星川の家にいることがバレたら終わる。

だからこの昼飯の間は黙っておこうと思った。


実際、俺がいてもいなくても関係なしに会話は進んでいった。

誰が喋ってるのか、正直よく分からない。


『あーみんなに会いたいなぁー！』

『ねー、寂しい。遊びたい～外出たい～』

『でもウイルスやばいんでしょ？』

『子供はかかんないとか聞いたけど……だったら学校行ってもよくない？』

『でも症状出てないだけで、家族にうつすかもって話じゃん？　あたし、おばあちゃんにうつしたらヤダなぁ』

『それは嫌だわ。親戚からめっちゃ責められそう』

『だねー。ま、あたしは学校サボれるのはいいじゃんって思うけど？』

『あんたサボれてないけど。リモートの授業真面目に受けてんじゃん』

『うは。確かに』

……何か教室の片隅で一人で飯食ってる気分になるな。嫌な臨場感がある。

どうせ顔を見ながら飯を食うなら、俺だって仲がいい友達とがいいんだけど……まあ、そっちも寮閉鎖の際に見捨てられた一件があって、正直なところ気まずいんだが。そもそも飯くらい、別に一人で食えるし。

空間は隔たっているはずなのに、しんどいな……


でも、星川が作ってくれた手作り弁当は最高だ。

彩り(いろど)もよければ味もいい。俺はあまり詳しくないが、肉やら野菜やらがバランスよく入ってるし、栄養素のバランス的にもいい感じなんじゃなかろうか。

どれもうまいが……特に、卵焼きの焼き加減が最高だ。

朝食をご馳走になった時も思ったが、加熱調理器をしばらく使えていなかったとは思えないくらいの見事な出来である。

きっと実家にいた頃にでもやってたのが、身体に染(し)みついているんだろうな——なんてな。

星川の機械音痴はフリだって、俺もう知ってるし。きっと、このキッチンで普段から作ってるんだろうな。

黙々と味わって食べる。

それだけで、この針のむしろ状態の現実から心が逃避できた。


『遥、そういえば一人暮らしなんだっけ？　今も？』


内容のなかった会話の中、突然、思い出したように言ったのは日坂だった。

思わず咽せそうになるのを必死に堪え――いや無理だ。


「ゲホゲホッ」

『ちょっ、吉野。うるさいんだけど』

「……ケホッ……悪かったよ」


こいつには気遣う優しさとかないのか。

星川なんて、背中をさすってくれようとして危うく画面に映り込むところだったというのに。

テーブルの下で全力で制止させてもらったけども。


『――で、遥の話だけど』

「え？　あ、うん。そうだよ、一人暮らし」

『こんな状況で一人って、寂しくない？』

「ううん、そんなことないよ！」

気になってチラリと星川を見れば、しぱしぱしぱしぱ、と高速で瞬きしている。

……待って。その反応まずくない？

『遥……嘘ついてるでしょ』

秒でバレた。

日坂の嗅覚とか以前に、星川の反応が分かりやすすぎる。動揺しすぎだ。隠す気ゼロか。

「う、嘘ってなに？　私、一人暮らしで——」

『いーや、嘘だね！　遥…………本当は、寂しいんでしょ？』

日坂の言葉に、星川は目をぱちくりさせていた。

……肝心の部分が間違っていたようだ。

よかった。俺も噛み殺されなくて済む――

『遊びに行ってあげようか？』

来んなバーカ！

……と、危ない危ない。

思わず会話に参加するところだった。自ら死にに行くところだった。

やっぱりこの空間は危険だ。

俺は、スマホのマイクをこっそりミュートにした。

案の定、それにすら誰も気づかず、日坂たちの会話は俺を置いてスムーズに進んでいったのだった。

無限に続くかのような昼休みだったが、実際は一時間も経たずに終了した。
今日は午後も授業があったためである。Ｒｏｏｍランチの面々も、授業開始のちょっと前に解散した。

昼休みの間、俺はミュートして会話をひたすら聞くだけだった。
しかしその間、優越感に浸っていた。
全員が寂しい会いたいと言い合う中で、これっぽっちも寂しくなかったからである。

理由は、星川が隣にいたから。

ケルベロス日坂に知られたら首ごと持っていかれそうだ。
けど、知られないから大丈夫……そう思っていた矢先のことだった。

「ねえ、吉野くん。菜月のことなんだけど」

午後の授業が終わったあとだった。

星川に、日坂から個人的に連絡が来ていたらしい。

スマホを見つめる彼女の口から出てきた名前に、俺は嫌な予感を覚えながら返事をする。


「な、なに……？」

「うちに遊びに来ても大丈夫かな？」

「ダメです」


反射的に拒否してしまった。

しかし、言ってから冷静になる。


「……ごめん、それは俺に言えることじゃなかった。日坂が来るなら、俺その間は外に行ってるから、言って」

「そ、それはダメだよ。ごめんね、断るから」

「いやあの、本当、いいからさ。友達と会いたいって言うんなら、俺がいたら邪魔だろうってだけだし」

「違うの、邪魔なんてことは全然なくて！」

「でも日坂が来るなら、俺、邪魔になると思うよ。同居してるとか言えないし」

「言えない、かな……？」

「え……言えないでしょ。クラスのやつら腰抜かすと思うし、先生たちにも突っ込まれるだろうし」

「ん。それは、そっか。確かに……」

星川が頷いた。納得してくれたようだ。

というか、なぜちょっと残念そうなのだろう？

俺がその様子を不思議に思っていると、ちら、と星川がこちらを見た。

「……秘密の関係、だもんね？」

上目遣いで呟いた星川に、図らずもドキッとしてしまった。

言葉の意味は正しいのに、なんだか変な意識をしてしまいそうになる。

「そう、俺がここにいるのは秘密で頼む」

「ん。分かった」

星川が素直に承諾したので、ホッとした。


「そうだよね。菜月にも黙ってたほうがいっか」

「黙っててください。それはもう、絶対に」

「でも、ちょっと言いたかったな」

「え……ど、どうして？」

「匂わせ、かな」


言って、くすり、と星川は微笑んだ。


「匂わせ？　って、何を……？」

「何をでしょうか」

「……家に邪魔なやつが住みついて困ってる的な？」

「そんなこと困ってないしっ！　もう、吉野くんはネガティブだなぁ」

「つっても、ポジティブに考えられる要素がないしな……なあ、星川。本当に迷惑じゃ――」

「全然ないから安心して！」

思いのほか力強く否定された。

驚いたけど、なんだか嬉しい。社交辞令でも嬉しい。

「そんなお礼を言うことじゃないと思うけど……どういたしまして？」

「んー……いろいろと？　優しくしてくれて、かな」

「えっと、なんのこと？」

「あ……ありがとな……」

星川はそう言って笑った。

けど、俺にとっては礼を言ったくらいじゃ全然足りないくらい、星川の寛大さはありがたかったんだ。

一体、この恩はどうしたら返せるだろうか。

その方法を、俺はまだ思いつかずにいる。

遥の非公開ダイアリー④

「あ～～～～～～吉野（よしの）くん、かわいい～～～～～～」

部屋に戻ったあと、一人ベッドの上でジタバタしてしまう。

『ありがとな』だって！

なんて素直！　なんていい子！

私を甘えさせてくれてカッコいいっていうだけでも素敵なのに、ここでさらに株を上げてくるなんて……すごすぎる。好き。だいしゅき。

吉野くんは嫌がってたけど、本当は自分たちの関係を友達に匂（にお）わせたかった。

もし吉野くんと一緒に住んでるのがみんなにバレたら……

……付き合ってるって言っちゃえばいいのでは？

When I got to
remote class,
I had to move in with
the most beautiful girl
in my class.

一瞬そう思ったけれど、それはだめ。

吉野くんのあの様子だと「星川に迷惑がかかる」とか言って、ここから出て行ってしまうのは目に見えている。外堀を無理に埋めるよりも、吉野くんの気持ちを固めなきゃ。吉野くんに嫌われたら元も子もないもの。


でも……言いたい。

吉野くんは私と同棲してるんだよって。

吉野くんは私と四六時中ずっと一緒にいるんだよって。


そういう風に匂わせたい。

でも、たぶん匂わせだけで済まなくなっちゃう。

節度を保って、我慢しなきゃ……好きな人が嫌がることは絶対にしたくないし。


「……ずっと、そばにいて欲しいもん」

さんざんジタバタしたあと、ベッドの上で仰向けになったまま、思わず呟いていた。

始まったばかりだけど、この同棲生活がすごく幸せ……だから、吉野くんにも同じように感じて欲しい。

ゆっくりじっくり、もっと近く……距離を縮めていこう。

焦(あせ)らず、一歩一歩……できれば吉野くんから近づいてきてもらう感じで、前のめりにはならないように……

……できるかなぁ。ちょっと自信ないかも。

第四話　ケルベロスの威嚇とその理由

リモート授業が始まって、あっという間に半月が過ぎようとしていた。

授業があるのは、平日の月曜日から金曜日まで。

初日以外は通常の授業と同じく、朝から夕方まで拘束されている。

星川の謎の挑発行為も、あれから毎日続いていた。

……というか、段々エスカレートしている。

そんなわけで、俺も彼女がわざとやっていることにさすがに気づいた。

太ももが寒そうだからと捲れていたスカートを直してやったりもしたのだが、それもどうやら彼女が自分で太ももを晒していたらしい。

なぜかは分からない。

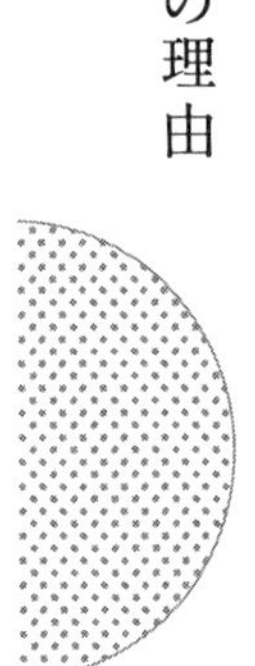

When I got to
remote class,
I had to move in with
the most beautiful girl
in my class.

星川が俺を好きなのなら納得はできる……だが、それは前提が不確かすぎる。

星川が俺を好きだとして、その理由が分からないのだ。

学校一の美才女の彼女が冴えないモテない俺を好きとか、妄想も甚だしい。そんなわけで、誰にも相談できずにいる。

まあ、元々、相談できそうな相手もかなり限られているわけだが。


ただ、この同棲生活は俺にとって心地のいいものだ。

だから星川の謎の行為も含めて、気にせずに楽しむことにした。


だって、ここから先、世の中どうなるか分からないし。


体育祭とか学祭とか、去年まであった学校でのイベントも、もう二度とないかもしれない。

修学旅行とかも行けないかもしれない。イベントに積極的に参加する人間ではなかったけれど、俺だってそこそこ楽しみにしてたんだ。

それらの代わりに星川と楽しい同棲生活を送ったって……罰は当たらないはずだろう。

授業に併せて、件のＲｏｏｍランチも、星川に誘われて俺は毎日参加していた。

だが、その間は空気に徹していた。

なぜなら俺が少しでも口を開こうものなら、

「は？　吉野には聞いてないんだけど」

こんな風に日坂が噛みついてくるからだ。嫌な思いを自らしにいく必要はない。

だが、俺のそんな様子を星川は気がかりに思ったらしい。

「吉野くん、もしかしてご飯の間、具合悪かった？」

金曜日のＲｏｏｍランチ後の授業中、星川にそっと尋ねられた。

今日は特に静かにしていたせいだろう。一言も喋らなかったしな。

とはいえ、別にどこか体調が悪いわけではない。

「いや。慣れない授業で疲れてるだけだよ。昼はちょっと眠くてさ」

「膝枕（ひざまくら）、いる……？」


実際に催していた眠気が一瞬で覚めた。

星川が、ぽんぽん、とスカートを叩（たた）く。


「……あ。こっちのほうがいいかな？」


星川は、またもよからぬことを思いついたらしい。

スカートの裾（すそ）に指をかけ、すす……とそのひだを持ち上げるようにずらしてゆく。

新雪のように白くて綺麗（きれい）な太ももが、少しずつ姿を現してゆく。


星川が授業中にスカートを捲り俺の反応を楽しもうとしてたのが、つい先ほどのこと。

その際に俺がスカートの裾を正したからだろうか。

星川は、もう一度やり直しているようだ。

変な反応をしないようにしてたから、ちゃんと見てなかったと思われたんだろうか。むしろまじまじと見てから、よくよく考えた末に紳士的な対応をしたんだが。

星川を見ると、顔が赤かった。

平静を装っているが、恥ずかしいらしい。

放っておいたら、このままどこまで耐えるのだろうか……と嗜虐心が湧いてしまう。困った、変な性癖に目覚めてしまいそうだ。

「いや、大丈夫だよ。休み時間になったらソファ借りるし」

「じゃあ貸さない」

「えっ」

「膝枕いらないなら、ソファ貸さない」

星川が拗ねた。

ぷいっとそっぽを向いて、その可愛らしい唇を尖らせている。

「えっと……じゃあ、ベッドで仮眠を――」

「ベッドも貸さない」

「マジか」

「床も貸さない」

じゃあ床で、と言おうと思ったのだが、先回りされてしまった。

星川は一体どういう気持ちで言っているのだろう。

「……じゃあ、膝貸してください」

「いいよ♡」

他と違ってすんなり貸してくれた。

けど、今は授業中だ。横になっては教師に訝しがられてしまう。

「この先生、教科書と黒板しか見てないから大丈夫だよ」

俺の懸念を知ってのことか、星川はそう囁いた。

確かにこの教師は、授業中にあまり生徒のほうを見ない。何人か寝てるやつもいるはずだ。

教室でもそうだったし。

……気づかれることもない、か。

困惑しながら、俺は星川の膝に頭を載せて横になった。いろんな欲に負けたのだ。

スカートはさすがに戻させてもらった。素足の膝枕は刺激が強すぎる。

というか、スカート越しでも十分に刺激的だった。


やあらけえ……。

そんでもって、あったけえ……。


……あ、まずい。

スカートの外側、すべすべで白くてむっちりした太ももが目の前にある。

目のやり場に困って、視線を星川側に向けることにした。

だが、動いてから失敗だったと気づく。

俺の頭のすぐ上には星川の胸があった。

だから、頭を動かしたことで、胸と太ももの間にすっぽり挟まる形になってしまった……


「……っ、星川、ごめ——」

「どうかした？」

「――いや。なんでもない、です」

俺だけが変な意識をしているのかもしれない。

そう考えたら、言わないほうがいい気がした。星川、気にしてないみたいだし。

「吉野くん、髪の毛やわらかいね」

「ハゲないか心配してる」

「そうなの？　じゃあ、マッサージしてあげる」

星川が俺の頭にそっと手を置いた。

細い指が、髪の間に入り込み、撫でるように頭皮に触れる。

授業中に何やってんだろう……でも、気持ちいい。幸せだ。

結局、膝枕のまま授業を終えてしまった。

変な緊張でまったく眠れはしなかったが、星川はご機嫌だった。

言って、俺も悪い気はしていない。星川に膝枕して頭を撫でてもらって、不満を覚えるやつがいるわけないと思う。

しかし、このままだとそのうちバレるかもしれない。

……いつまで大丈夫だろうか。

周囲への誤魔化し(ごまか)しも……俺の理性も。

一抹の不安を覚えながら、ゴールデンウィーク前のリモート授業は終了したのだった。

⬅

緊急事態宣言が解除されないまま、暦はゴールデンウィークに突入した。

ゴールデンウィークと言っても、大型連休感はなかった。

いつもなら学校が休みになるので実感するのだが、今年の四月は半月以上もの間ずっとリモート授業だった。

なので、さして感動もなかった。せいぜい制服から解放されるくらいだろうか。

マンションから出てどこかへ遊びに行く、という予定は、俺も星川もなかった。

世間的にも外出は自粛しようという空気だったし、店などどこもかしこも閉まっている。

大人しくしておこう、という話になった。


そのゴールデンウィーク初日・土曜日。

「ん？　なんだ……？」


部屋で弄っていた俺のスマホが、珍しい音を上げた。

数秒にわたり途切れない通知音は、電話の類だ。しかもこの音は……確か、Ｒｏｏｍの無料通話である。あんまり聞かない音だから、一瞬分からなかった。


……なんだろう、親だろうか？

さすがに寮の閉鎖から一週間。帰省拒否した息子の安否を心配したとか？

うちの親も、さすがに人の親だったか……そう思ってスマホを手に取り、画面を見る。

着信画面には、見慣れない目つきの悪い犬のアイコン。

しかし、覚えはある。

記憶よりも先に心が嫌悪する。

この犬のアイコンは、俺にとって不吉の象徴。


着信は、まさかの日坂からだった。


あ～～～～～～……無視してえ。

これ、取らなきゃダメか？　取りたくないんだが？

あ、そうだ。間違いでかけてきたかもしれないし、しばらく放っておこう。あの日坂が俺に電話かけてくるわけないしな。


「あ、切れた。よかったー……って、また⁉」


着信が止まったことに安堵する間もなく、スマホが再び音を鳴らす。

画面には日坂の犬アイコン。

これ、出るまでかけてくるやつだ……マジだるい……

「…………………はい」

『あ。出た。出れんならとっとと出てよね』

人の都合とか、ないらしい。

何かの間違いで別の誰かだったらいいなと思ったが、紛うことなき日坂だった。

『ねえ、聞こえてんの？　返事ないけど』

「あっハイ聞こえてます」

『ちゃんと反応してよ。鈍いな』

二言目には悪口が飛んできた。

信じられないことだが、今がこいつとの初めての通話である。

日坂にはモラルというものがないのだろうか。あるわけなさそうだが、それよりも、そもそもの疑問が湧く。

「えっと……なんで通話してきたの？」

『話があるからに決まってんでしょ』

「えー……話ってー……？」

日坂との会話は精神を摩耗する。だから俺は早くこの会話を終わらせ通話を切りたかったのだが……続く日坂の言葉に、それは無理そうだと悟った。

『あんたと遥の関係についての話よ』

「えっ？　ほ、星川と俺ぇ……？」

声が裏返りそうになった。

ま、まあ、日坂が俺と通話してでも訊きたいことなんて、それくらいだよな。

……よし、差し障りないように誤魔化してやろう。

「クラスメイト」

『知っとるわ』

「友達？」

『なんで疑問形なのよ』

「じゃあ、知人」

『じゃあってなんだ、じゃあって』

「同じ人類」

『ふざけんなバカ』


ガチでキレられた。女子怖い。

誤魔化そうにも分が悪すぎる。だってこいつ、冗談通じねえんだもん。

「……日坂は、なんでそんなことをわざわざ訊きたいんだよ?」

答えようとするとドツボにはまる気がしたので、逆に質問することにした。

質問に答えろ、じゃなきゃ死ね、とか言われるかと思ったが、どうやら俺の判断は功を奏したらしい。

『遥があんたをRoomランチに誘ったから……』

「だから?」

『気になったの!』

「え……気になっただけで俺に電話してきたの……？」

『悪いの？』

「いや、別に……ただ……」

『ただ？』

「日坂は暇なのかなって」

『うっざ！　黙れバカ』


自分から電話してきたのに、バカとか酷い言い様だな。しかも二回目とか。

まあ、煽ったの俺なんだけどな。


『遥にあんたみたいな変な虫がついてないか心配したの』

「面と向かって変な虫とかよく言えるな。その胆力に脱帽する」

『電話だから、面と向かってないし』

「屁理屈か」

『いいから質問に答えなさいよ』


答えてやる義務も義理もないんですけど。

とか言ったら怖いのでやめておく。

「……星川には、ちょっとWi-Fiのことで教えて欲しいって頼まれて」

『わいふぁい?』

「ああ、Wi-Fi」

『わいふぁい……』

え、なんでこいつもWi-Fiダメな感じなの……?

友達同士、仲がいいと得手不得手もうつるのだろうか。

「……星川からの頭のよさはうつらなかったんだな」

『なんか言った?』

「いいえなんにも! Wi-Fi……っていうか機械全般か。星川が困ってたから教えた。それだけの関係だよ」

星川の機械音痴については伏せた。

たぶん、あれは〝フリ〟だろうし。

たとえそうじゃなくても、俺から日坂に言うことではない。

『遥が、困ってた？』

「？　俺、何かおかしなこと言ったか？」

『別に……あの子が困ってたなんて、珍しいなと思っただけ』

こいつに同意するのは癪だが、俺もそう思う。

星川が誰かを頼る姿なんて、教室で授業してた時は見たこともなかった。何事もさらっと自力でこなしていたように記憶している。ああ、入学式前のあの一件くらいか……

「……で、用件は？　まさか、それだけ？」

『うるさいバカ』

「ねえ、三回目――」

『バカバカバカバカバカ、バーカ』

「理不尽だな⁉　わざわざ悪口を言うために電話してきたのかよ⁉」

『悪口を言わせたあんたが悪い』

とんでもねえ理論に絶句した。

いや暴論っていうのか、これ。

なんでこんな粗暴なやつと、星川は仲がいいんだろう。

「なあ、日坂。お前、なんで星川と仲いいの……？」

思わず訊いてしまった。

予想はしていたが、『はぁ？』と心底不快そうな声がスマホから飛んでくる。だから、

『……遥は、あたしの憧れなの』

そんな風に日坂が素直に答えたのは想定外だった。

だから質問を投げた側にもかかわらず、俺は思わず無言になってしまった。

それを傾聴の姿勢と捉えたのか、日坂がぽつりぽつりと続ける。

『中学の時、遥が勉強とか教えてくれて……それであたしはこの高校に入れたんだ。あの子は恩人なんだよ』

「へえ、日坂は星川と同じ中学だったのか。仲いいなとは思ってたけど――」

『だから、あの子につく変な虫は潰す』

ひゅん、ってした。

胃なのか下半身なのか不明だが。血の気が引いたともいう。

っていうか、こいつ俺と会話する気がないな。愛想よく相槌を打ってやったというのに……

『ところで吉野。あんた、遥の家がどこだか知ってんの？』

「えっ、い、家？」

日坂の唐突な質問に、予測していなかった俺の心がざわつく。

なんだ？　同棲してるのはバレてないだろうし……また変な嗅覚が働いてんのか？

「えっと……星川は、確か一人暮らしだっけ？　学校の近くとか？」

『実家の話』

「実家？　実家については、そういや聞いたことないな？」

『その言い方……吉野あんた、まさか遥の一人暮らししてる家については知ってんの？』

「やだなー知るわけないじゃないですかー」

『その言い方キモイんだけど。吐きそう』

「ひでぇ」


予測できた反応だけど、でもどうかと思うぞ。


それはともかく……星川は、一人暮らしをしている。

ということは、天涯孤独の身などでなければ、このマンションとは別に実家があるということ。学生寮で暮らしていた俺と同じように、学校から離れた土地に実家があるということだろうか……


その時、ピロン、とスマホから通知音がした。


『それが遥の実家』

「それ?」

『あんたにLIEN（リエン）で今リンク送った』

「ああ、今なんか来たの、日坂からか。どれどれ…………え?」

リンクを開いて確認すると、そこはとある病院のホームページだった。
しかもただの病院ではない。

でかい。

写真に写っている建物も、診療科の多さや医師の数から窺える規模も、大学病院並みのでかさだ。明らかに大病院である。

「……あの、日坂。これ病院のリンクだったけど、星川の実家で合ってる？」
『合ってるよ。その病院、あの子の実家が経営してるとこ。あの子のお父さん医者で、そこの理事長なのよ』
「はぁー……なるほどなぁ、これが星川のご実家……」

噂以上のお嬢様のようで驚いたものの、妙に納得してしまう。
こんな立派な高級マンションに一人暮らししてるし、買い出しの時に使ってたクレジットカードも何か物々しかったし、これで庶民だというほうがおかしい。

そもそも、あの星川が、俺と同じような庶民であるわけがないのだが。

『なるほどなーって……感想、それだけ？』

「感想？　すげえなって思うけど」

『他には？』

「病院が実家なら、こんなご時世だから大変だろうな……とか？」

『俺みたいなのがお近づきになれる相手じゃないな、とかないわけ？』

「え……それは別に、最初から思ってることだし……」

『……あっそ』


耳元でなぜか不機嫌そうに吐き捨てられた。

何か間違ったことを言っただろうか？

こいつからしたら、俺の存在自体が間違ってるみたいなもんだろうけど。でも本当、俺、なんでこいつにここまで嫌われてるんだろう？

……ちょうどいい。訊いてしまうか。

「日坂はさ、なんで俺のこと嫌ってんの？」

『は？』

「嫌ってるんだろ？」

『嫌いだけど』

即答かよ。ちょっとは躊躇え。

『あー……本当あんた気持ち悪い』

「あのさ、そういう言い方はよくないと思うんだけど――」

『うるさい』

「ごめんなさい」

『はあ……話すとなーんか調子狂うんだよなぁ、気持ち悪……』

あ、俺が気持ち悪いんじゃなくて、調子が狂って気持ち悪いってことか。

なんだ、よかったー……って全然よくねえな。テメエの不調を俺のせいにすんなよ、未熟者め。噛みつかれたくないから言えないけど。

『そんなわけで、あんた、遥に手を出したらタダじゃ済まないからね』

「いや手を出すも何も――……切りやがった」

通話切断の音がしたので、耳からスマホを離した。

来る時も去る時も一方的すぎるだろ、あいつ……

「……はあ。やっぱ日坂は苦手だわ」

どっと押し寄せる疲労感から、ため息が零れる。

詰問されたせいか、なんだか喉が渇いた。水でも飲んでこよう……

◆

日坂との乾ききった会話に、潤いを求めて部屋を出た時だ。

ちょうどそこで、隣の部屋から出てきた星川とばったり鉢合わせした。

「あの、吉野くん……何かあった？」

星川は心配そうな顔で、気遣うように俺に尋ねてきた。

その優しい気配にホッとする。

やはり、あのケルベロス日坂とは全然違う。たぶん細胞レベル、遺伝子レベルで違う。同じ人類かも疑わしい。


「あ、悪い。騒いでうるさかったよな。今なんか日坂から電話があって――」

「菜月から」


なんだか空気がピリッとした。

あれ？　二人は仲がいいんだよな？


「……吉野くん、菜月と仲よかったっけ？」

「俺はよかったことないな」

「仲よくなろうとしてるの？」

「それもないな」

「だよね」

納得された。それもそれで悲しい。

しかし気のせいだろうか。星川が、なぜかちょっと嬉しそうに見える。

自分の友達とは仲よくして欲しくないってことだろうか。まあ、俺と一緒に住んでるとか知られたくないわな……


……いや、Ｒｏｏｍランチにまで誘ったのに？

しかも俺と日坂を仲よくさせようとしてなかったっけ？


「菜月は、なんの用で電話を？」

「あー……星川とはどういう関係なんだ、って訊かれた」

「え？　それって、あの……吉野くんは、なんて？」

「ああ、安心してよ。困ってたところ助けただけの関係って答えたから」

「え。あー…………そっか」

「あれ？　俺、なんか余計なこと言った？」

「ううん！　そんなことないよ！　むしろ、足りなかったというか……」

星川がちょっと照れたような困ったような笑みを浮かべた。

足りなかったっていうと……『困ってるところ助けただけでなんの関係もない』くらいの感じだろうか。


「……ごめん星川。もっとハッキリ否定しておくべきだったな」

「否定するって、何を？」

「次はちゃんと、まったくの無関係だって言っておくよ」

「あー……あはは。そうなっちゃうのかぁ」

「うん？　俺、なんか間違えてる？」

「ううん、そんなことないよ。またあとでね」


なぜか苦笑しながら、星川は自分の部屋に戻っていった。


謝罪はしたが、思った以上に星川を嫌な気分にさせてしまったのかもしれない。

次、日坂から電話がきた時は気をつけよう……もう二度とかけてきて欲しくはないし、関わりたくもないけどな。

吉野くんを友達に紹介したのは、私。

私とのただならぬ関係を匂わせたかったのだ。けど、

「……まさか菜月が吉野くんに電話をかけてくるなんて」

落ち着こう……そう思って窓から外を眺めていたはずだ。

なのに、口から出てきたのはそんな焦りの言葉だった。

「はぁ……」

自分の愚かさに、思わずため息が出てしまう。

感情をコントロールできないなんて。

吉野くんの前でも、隠せてなかった気がする。

バレていたのだろうか。

めんどくさい女だと思われたかもしれない。機械音痴のフリは完璧だったのにな……ああ、迂闊だった。というかそもそも、

「元々、仲がよかった……わけではない、よね……ってことは私のせい……かぁ……」

吉野くんと他の女子の間に繋がりを作ってしまうなんて。

吉野くんとちゃんと話をしたら、菜月だって好きになっちゃうかもしれない。

……やってしまった。

関係を匂わせる前に考えなければいけないことだったのに。吉野くんの魅力は、私が知っているだけでよかったのに……いや、全人類に知ってもらいたい気持ちはあるんだけど……

でも……んんー……

「……他の子と仲よくして欲しくはない、かな」

私、なんて狭量なんだろう。

それに、傲慢だ。

吉野くんを独り占めしたいなんて。

私のものじゃないって、分かってる。それでも、吉野くんと密な関係なのは私だけにして欲しいって思っちゃうとか……本当、めんどくさい。

でも……無関係とかじゃ、なかったんだけどな。

菜月に言って欲しかったのは……もっと親密な関係だって。そう言ってくれたなら、よかったのに。

私は、吉野くんと一緒なら寂しくない。

二人きりでいいって本気で思ってる。

……だから、菜月に家に来られたら困る、かな。

私が家に呼ぼうとしてたのに、屈折してると思う。

でも、この生活を終わらせたくない。

長期休暇中だから今Ｒｏｏｍランチはないけど、休暇明けはどうするか考えないと。

吉野くんとの同居生活は、秘密の関係だから。私の機械音痴のフリと同じ……絶対バレないようにしなくちゃ。

友達にも——もちろん、菜月にも。

第五話　近づく心と密な事故

日坂からの嬉しくない電話があったゴールデンウイーク初日・土曜日の午後。
俺と星川は、今日、一緒にでっけぇプリンを作ることにした。
以前、買い出しの時に約束していたやつである。

この自粛生活のさなか、巷ではスイーツ作りが流行っているらしい。
牛乳をひたすら煮詰めて作る古代チーズとやらを作ったとか、Ｒｏｏｍランチの際に言っていたやつがいた。暇なんだな、と思ったが、俺も暇だった。

そんなわけで、星川からエプロンを借りて、並んでキッチンに立つ。
ちなみにエプロンにはイニシャルらしきアルファベットが刺繍してあったが、なぜか俺の名前と一致していた。偶然ってすごいな。

「あ、吉野くん、レンジを使いたいな。ゼラチンを溶かしたくて」

When I got to
remote class,
I had to move in with
the most beautiful girl
in my class.

「時間は？」

「わかんない」

機械音痴ぶりは、いつもの調子である。

たぶん星川は普通にレンジも使えるはずだ。レンジ使ってる音が聞こえたことあるし。

じゃあなんで俺を頼ってくるのかという話だが……俺の居たたまれない気持ちを慮(おもんぱか)って、一宿一飯どころじゃない滞在中の仕事を与えてくれているのかもしれない。そう思うことにした。


さて。ゼラチンの加熱時間は、包装箱に書いてあった。

水と一緒にガラスボウルに入れて、ラップをせずにレンジへ。

「えーと、600Wで十～二十秒ー……って、星川？」

ピタッとくっつくようにして、星川がレンジを操作する俺の手元を見ていた。

顔が近い。近くで見ても、かわいい。

「あ、ごめんね。レンジの使い方、覚えようかなって思って」

「ああ、いや、いいんだけど」

昨日も一昨日もその前も、何度もこうして覚えようとしてましたよね？

そう思ったが、言わずにおく。

目をキラキラさせて見ている彼女に突っ込んで、萎（な）えさせるのは野暮（やぼ）というものだろう。


その後、ゼラチンを混ぜて固めるカラメルと卵液を作ったが、フライパンや鍋で加熱する間、星川はクッキングヒーターの前に立つ俺に密着していた。

「星川、あんまりくっつくと危ないぞ」

「気をつける」

「……そうか」

「ごめんね。ほとんど吉野くんに作ってもらっちゃってる」

「それは構わないけど」

「吉野くん、器用だよね。料理もできそうだけど」

「カップ麺（めん）だけな」

「おいしかったよ、吉野くんの作ってくれたカップ麺」

先日の昼飯の話だ。

お湯を注いで三分待つだけだったが、星川はいたく喜んでくれた。

「俺としては、もったいなかったな」

「もったいない？」

「星川の手料理を食べられる機会を一つ失ったから」

「え、私の？」

「ああ。せっかく食べるなら、俺は星川の手料理がよかったなって——……って、ごめん、図々しいことを。居候の身で作ってもらってるのがおかしいわけだから、これからは俺が料理を覚えて食事の用意をしても——」

「私が作る！　……その、吉野くんが、私のを食べたいって言ってくれるなら」

前のめりで星川が言った。

俺の答えは当然決まっている。

「食べたいです」

「じゃあ、作るね」

星川は照れたようにはにかんだ。

遠慮せず素直に答えてよかった。星川の手料理を食べたあとじゃ、きっと俺が作る料理なんて上手く作れても味がしないだろう。

そんな会話をつらつらとしながら、巨大プリンを作る。

バケツのようにデカいステンレス製の型に、作ったカラメルと卵液を入れて……

そうして冷蔵庫で丸一日、しっかり冷やして固めたものを午後のおやつにすることにした。

「固まってるかな……？」

冷蔵庫から取り出した特大の型を前に、星川が恐る恐るといった様子で呟く。

念のため長めに冷やしたのだが、このサイズだ。表面は固まっていたものの、奥がまだ緩い可能性はある。

とはいえ、中の状態が見えないので、型を外してみるしかないのだが。

型は、皿で蓋(ふた)をして、そのまま上下反転させれば外れる。一人では難しいので、星川と二人で力を合わせることにした。


「星川、行くぞ……」

「う、うん」

「せーのっ」


くるん、とタイミングを合わせて反転させ、そのまま調理台の上にそっと下ろす。

中身をぶち撒(ま)ける大惨事にならなかったことにホッと一息ついたあと、いよいよ型を外していった。

そうして途中で崩れることなく……俺たちの目の前に、つやつやの巨大プリンが爆誕した。


「わ、すごい。大きい」

型から外した巨大プリンを前に、星川が目を丸くした。

確かにこれは壮観だ。

「おお、ちゃんと固まってるな」

「固まってるのに、ぷるぷるしてる」

「見た目より揺れるな」

「ちょっ、吉野くん、揺らしすぎっ」

「なんかスライムみたいだなって」

「よく分かんないけど、ぶるんぶるんしてっ……あはっ、あははっ！」

何やら星川の笑いのツボにはまったらしい。

揺れるプリンを前に、お腹(なか)を押さえてひいひい言っている。それを見ているうちに、俺も釣られてしまった。だめだ、堪(こら)えられない。

「――ふはっ。ちょい星川、笑うな、くくっ、止まってっ」

「あは、あははごめ、む、無理ふふっ、ふふふふっ吉野く、こそ揺らさっ、ないでよフフッ」

なんだか楽しくて、プリンを揺らし続けていたことに気づく。

笑いながらプリン揺らしてるやつとか怖すぎるな。俺だよ。

第三者に見られていたらと想像して自分の笑いを止めたあと、星川に深呼吸させて制止を試みた。何度か失敗した。

二人揃って散々笑ったあと、リビングのソファで並び合って座り、実食した。

「おいし～～～～～～」

スプーンを握ったまま嬉しそうな声を上げる星川に、思わず俺も頰が緩む。

確かにおいしかった。

けど、それよりも食べきれないサイズのプリンに笑えた。なんだかイベントみたいで楽しかったんだよな。

しかし、ノリと勢いで作ってしまったが、これは……

「……食べきれないよな」

二人で食べる分を削り取った巨大プリンは、リビングテーブルの上で未だ立派な山体を保っていた。十人分を優に超える材料で作ったのだから、当然である。馬鹿じゃなかろうか。

そして、星川も俺も、別にフードファイターなどではない。小皿に取り分けた量だけでも少し荷が重いくらいだ。


「んー……残ったのは冷凍庫で冷やして、アイスにしておこっか」

「プリンのアイスか。いいな、それ」

「半解凍して食べると、結構おいしいんだよ」

「へえ、当分デザートに困らなそうだな」

「あはは。食べても食べても、この分だとなくならなさそうだもんね」

「だな。っていうか、こんだけのデカいプリンだし、誰か呼べたらよかったな」

……って、俺がいなければ星川は友達を呼べたか。

そう申し訳なく思いながら、プリンを頬張った時だった。

「私は、吉野くんと二人きりでよかったよ」

その言葉に、隣り合った星川の顔を見る。

優しい微笑みが俺に向けられていた。

「……私ね。吉野くんと一緒だと、素になれる感じがするの」

見惚れていた俺は、星川の発言で我に返る。

「素？」

「子供に戻る、みたいな感じかな……力が抜けるっていうか、楽」

「楽なら、よかったよ」

同じ空間にいて星川がストレスを感じているようなら、俺は出て行くべきだ。

そう思っていたから、星川の言葉に安心した。ここにいていいんだ、って思えた。

「私ね、お父さんとお母さんが仕事で忙しかったから、子供の頃は家で一人のことが多かったのね」

星川が、ぽつりぽつりと話し始める。

両親って、病院の経営をしてるんだっけ。星川のお父さんは医者で理事長だとかなんとか、日坂が言ってたな。

それに触れていいのかどうか迷ったが、必要なら星川から言うだろう。

俺は黙ったまま、静かに彼女の声に耳を傾けた。

「だから、おじいちゃんおばあちゃんがいろいろ面倒を見てくれたんだけど、友達が両親と仲よく遊んでるのとか見て、ちょっと羨ましかった。遠慮なく泣いたり笑ったり、分からないことを教えてって言ったり……そういうのは、祖父母にはなんとなくしちゃいけない気がして……」

星川がこんな風に身の上を話すのは珍しかった。

そして、たぶんこれは包み隠さない本当の言葉だろう。

星川は、今までで一番素になっているようだった。

それとも、俺が星川を見る目が澄んだのだろうか。

一緒にキッチンに立って、協力して作った甘いものを食べて、ホッと一息ついて……おかげでお互いにリラックスできたからか。

彼女の本当の姿が、いつもよりもくっきりと見える気がした。

なんでもできて完璧な学校一の美才女には、弱い部分なんてないって、俺はそう思っていた。

だから勝手に、彼女から距離を取っていたのかもしれない。

「両親のことは尊敬してるの。でも、ずっと誰かに甘えたいって気持ち、抱えたまま大きくなっちゃったみたい。だから吉野くんに甘えちゃってるのかも……ごめんね。おかしいよね、もう高校生なのに」

「年は関係ない……と、俺は思う」

寂しそうに話す星川に、思わず零してしまった。

星川は、驚いたように目をぱちくりさせている。

「えっと……そういう気持ち分かるっていうか……俺だって誰かに甘えたいって思うこと、あるから」

なんなら、常時甘えたい。

けど、都合よく手放しで甘えさせてくれる相手なんて、いるわけがないと思う。少なくとも俺には……だから表には出さないようにしているだけだ。

いてくれるなら、俺だって嬉しい。そして、星川が同じだって言うなら、

「だから、俺でよければ、別にいいよ。甘えても」

「いいんだ……？」

「ああ」

「……じゃあ、そうする」


言って星川は、俺の肩に頭をもたれさせるように身体を預けてきた。

くっついた部分が温かい。

微かな重みは、星川が幼少時から抱えてきた寂しい気持ちの重さのようだった。

たぶん星川は俺のこと、でっかい犬か何かくらいに思ってるのかもしれない。でも、一緒にいて星川の気持ちが満たされるなら……

……俺は、それでも別に構わないと思った。

「吉野くん、ゲームやらない？」

夕食を食べたあと、星川がそんな風に提案してきた。

午後にプリンをたらふく食べたので、夕食は軽く済ませた。それで、普段よりも就寝までの時間が余っていたのだ。

「ゲームって？」

「テレビゲームっていうのかな？」

「ゲーム機、持ってんの？　星川、ゲーム好きなんだ」

「わかんない」

まさかの回答だった。

しかも、なんかこれまでと違ってガチで分からないっぽいぞ。

「えっと……好きかどうか分からないってこと？」

「うん。だって、やったことないから」

「え、じゃあなんでゲーム機本体なんて持ってんの？」

「それは吉野くんが――友達が来た時用に、あったほうがいいかなって」

友達のために用意周到がすぎるな。

これ、転売ヤーが邪魔で入手困難になってる最新のゲーム機だぞ……？


「どのタイトルやるの？」

「吉野くんが好きなのでいいよ」

「好きなのねぇ……んー……星川、操作、分かんないよね？」

「うん。教えて欲しいな」

「じゃあ、このへんとかかな」

星川はゲーム初心者なので、操作難易度の低そうなゲームを選ぶことにした。

……ていうか、もういろいろと既に本体へダウンロードしてあるんだけど。誰の仕業でしょうね。

「なあ、星川。これいつダウンロードしたの？」

「一ヶ月前」

「えっ？」

「なんでもない♡」

カマをかけたのだが、かわいい笑顔で誤魔化（ごまか）されてしまった。

まあ、今のははっきり聞こえてましたけども。けど、思ったより結構前に用意してたんだな……

やっぱり用意していたのは星川本人か。

「……星川は、どうしたいんだ？」

疑問が思わず口をついてしまった。

俺を自分の家に住ませて、優しくして、嬉しがらせて……星川はそれで、どうしたいんだ、と。そう、ずっと考えていた言葉が声になる。

慌てた時には、もう遅い。俺の声が星川の耳に届いたあとだ。

「あ、星川……今のは、その……」

「吉野くんとの距離を縮めたい、かな」

「え？」

「私たち、教室では全然接点なかったでしょ？　でも仲よくなりたいって思ってたんだ。だから、こうして遊んだりすれば、そのぶんを取り返せるかなって思って」

「あ…………なるほど」


質問の意図がズレて解釈されたようだ。

だが、助かった。今の俺の本意は、伝わらなくていい。

それに星川の答えは、完全にズレたものとも言えなかった。


「俺も、星川と仲よくなりたいかな」

「ほ、本当？　……嬉しい」

「よし、じゃあ遊び倒すか」

「うんっ」


俺たちは、それから目についたゲームをプレイした。

星川は確かに初心者だった。さすがにフリでもなさそうだ。プレイ中とんでもない動きをしたりするので目が離せない。

星川さん、何でグルグルしてんすか。

そこボタン連打しても何も起きませんよ。

いや、できないからって八つ当たりしないでくださいって。


……でも、これが星川なんだな。


学校で遠巻きに目で追っていた頃には分からなかったけど。

綺麗（きれい）で、勉強も運動もできて、苦手なことなんて何もなくて、なんでも卒なくこなせる……

それだけじゃなくて、嘘（うそ）もつくし、ちょっと面倒なところもあるし、人並みに重たい感情もあるらしい。


「うう、もうわかんない……吉野くん、お手本見せて……」

「はいよ」


けど、俺は今の星川のほうがいいと思うな。

ゲームをひとしきり楽しんだあと、スマホでニュースサイトを覗いた。

「……なんだ？」

にわかにネットが騒がしい。
政府から何かしら今後についての発表でもあったのだろうか？
しかし、画面の中はここととはまるで別世界のようだ。いや、ここが別世界なのか……俺は思わずため息をつく。
ずっとこの生活が続けばいいのに……

「吉野くん」

呼ばれて、俺はスマホから顔を上げた。
星川がパジャマを抱えていた。

「私、今からお風呂に入るんだけど」

「ん。どうぞ」

「入るんだけどー……」

「どうぞ、どうぞ」

「あー……吉野くん、先に入っていいよ」

言い換えた星川に「え？」と俺はフリーズした。

俺の返答、嚙み合ってなかっただろうか？

「えっと……星川が先に入りたいんじゃないのか？」

「ちょっと用事を思い出したの。だから、お先にどうぞ」

じゃ、と言って星川は自分の部屋に行ってしまった。

まあ、俺はどっちでもいいし、星川が入浴したいタイミングにかち合ったりすると悪い。

なので、さっさと入ってしまうことにした。

ソファから腰を上げ、俺は着替えを取りに寝室へ。それから脱衣所へと向かった。

服を脱ぎ、浴室に入り、シャワーを浴び、頭をシャンプーでわしわし洗う。

シャンプーをする時、目は閉じる派なので、この時の俺は何も見えない。ああ、無防備だけに身も心も緩む……

と、シャワーで頭の泡を流している時だった。

「……あれ？」

不意に、違和感が過（よぎ）った。

いま、背後で音がしたような？

「？　気のせいか……――うわっ⁉」

背中に、ぴと、と何かが触れた。

くるくる、と円を描くように動き回る。

「なに⁉　なになになになに⁉」

「なんでしょーか」

「え⁉　……ほ、星川？」

恐る恐る背後に尋ねると、くす、と笑い声が聞こえた。

どうやら触れたのは星川の指先だったようだ。

「吉野くん、背中、思ってたより広いんだ」

「えっと…………何、してんの？」

手探りでシャワーを止めてから、背後に尋ねる。

途端に星川の気配がハッキリした……これは失敗したかもしれない。

「お風呂に入るって、さっき言ったと思うけど」

「お、俺に先に入っていいって言ってたよね？」

「うん、吉野くん先に入ったよね？　ほら、私、あとから入ってきたわけだし」

「先って、あれ入ってから出るまでの話だよね？」

「そうなの？」

「そうだよ？」

「そうなんだ」

「えーと……女子がお風呂入る時って、こういう感じなの？」

「わかんない」


背後だし、目を閉じているしで、星川の表情は見えない。

けれど、きっと、あの「わかんない」と言う時のような表情で言っているのだろう。

……ってことは分かっててやってるんだな。

俺の反応を見て、楽しんでるんだろう。

でもね？　こっちは全裸だし余裕ないからね？

……あれ？　待て……俺は全裸だけど、星川は……


「星川」

「うん、何？」

「服、着てるよな？」

「お風呂だよ？　着てるわけないよね」


全裸かよ！

濡れた顔を手で拭いながら、わずかに考える。

……うん。まずいな。非常にまずい。

「で、出て、星川！　今すぐに！」

「え、でも」

「まずいから！」

「何が？」

「何がって、は、裸なんだろ？」

「あ、それなら安心して。バスタオルは巻いてるよ？」

全然安心できない！

布切れ一枚だぞ、防御力皆無だろ⁉　そんな装備で大丈夫なわけないからな⁉

「あのね……私、吉野くんともっと近づきたいんだよね」

ぴちょん、と水滴が落ちる音がした。

聴覚に集中している俺の耳は、そんな些細（ささい）な音すら聞き取れたのだ。今の星川の言葉も、きっと空耳ではないだろう。

「もっと、ぴったり、くっつきたいの」

「っ⁉」

ビクッ、と思わず身体が跳ねた。

目を閉じて視覚を塞いでいるからだろうか。耳元で囁かれる声が、背中に触れる感触が、やけに生々しく感じられる。

「それには服も邪魔かなって思ったりして……本当はこのバスタオルだって……」

どういう意味かなんて、考えても分からない。

そもそも頭がのぼせたみたいに茹だって、まともに考えることもできていない。

これは一体、なんのフリなんだ？

「さ……さすがに冗談きついぞ、星川」

なんとかそう言葉を絞り出した。

　声が震えてやがる。ダサい……けど、出したのが手じゃなかったのは偉いぞ俺。落ち着け、今ならまだなんとかできるはずだ。感情の制御はわりと得意なはずだし。俺は人間だ、獣じゃない。働け理性。


「私、冗談なんかじゃ……」

「冗談じゃないなら、星川は平気で男の風呂に入れるのか」

「そ……そんなことないよ！　私は――きゃっ」


　悲鳴が聞こえた瞬間、反射的に振り返っていた。

　広げた腕の中に、重みが飛び込んでくる。


「つぶねー……」

「ご、ごめんなさいっ」

「いやいい。大丈夫か――」

　シャンプーの泡は、頭から、顔から、すっかりさっぱり流れ落ちていて、
　俺の視界はすっきりクリアになっていた。

「……えっと」

何が見えていたか……認識はしていたのに、理解が追いつかない。だから、

「ご、ごめんね吉野くん重いよねすぐに退、わわっ――……わ」

慌てて起き上がろうとして足を滑らせた星川を支えようと、無意識に彼女の腕を取ってしまったのだ。

その密な距離では、よく見えた。

星川は全裸ではなかった。バスタオルを巻いていたから……この瞬間までは。

「あっ……」

はらり、と。

重力にか、あるいは内側からの圧に負けてか。

星川の身体をたった一枚で守っていたバスタオルが、解けて、星川の肌を、露わ、に、

「見てないから！」


俺はギュッと目を閉じて叫んだ。

え？　という星川の困惑した声が聞こえる。

見たかったさ！

でも、今のは事故だ。本人の許可なく見るのは、なんか、こう……罪悪感でここにいられなくなる気がしたから。


「だから……大丈夫だから、安心して」

「う、うん…………ごめんね。私、順番待ってる」

「あの、星川――」


呼び留める間もなく、星川は風呂場から出て行ってしまった。

半端に濡れたままでは風邪をひいてしまうかもしれない。俺が出るから、先に入ってよかったのに。

急いでシャワーだけ済ませて、すぐ星川に風呂を使ってもらおう。
そう思って身体を洗おうとした時だった。

「……っていうか、俺のほうが丸見えだったのでは？」

一人で入るはずだった風呂だもん。全裸に決まってるよな。
しかし、星川が慌てて飛び出していったのは、全裸の俺が原因ではなかろうか。謝罪するべきか……でも、星川はそんなこと分かってて入ってきたはずだし……

「わっかんねー……」

星川がいつも口にする言葉が、自然と口から零れていた。
一体、どうしたらよかったのだろう。
風呂から出たあと、星川にどう接するのがよいのだろう……

遥の非公開ダイアリー⑥

吉野（よしの）くんとのゲームは、とっても楽しかった。

初めてやったから、操作とか全然分からなかったけど。でも、吉野くんが隣で笑いながら見てくれてたのが嬉（うれ）しかったなぁ。

気づいたらムキになってて、機械音痴のフリすら忘れていた。

吉野くんは気づいていただろうか。私が素のままだったこと。


二人の心の距離も近づいた気がした。

だから、もっと近づきたいって、誘ったら近づいてきてくれるかなって勢いづいちゃって……やらかしちゃったんだけど。


「はぁ……あんなことになるとは思わなかったな……」

一人、吉野くんが出たあとのお風呂(ふろ)で浴槽(よくそう)に浸かりながら、思わず呟(つぶや)いていた。
菜月(なつき)とか、他の女の子に取られたくない。
取られる前に、気持ちをしっかり繋(つな)ぎとめておきたいって……そう思って、ちょっとだけ踏み込んだつもりだった。

でも、その結果、吉野くんに誤解されちゃった。

私は、誰(だれ)にでも脱いだりしない。
こんな風に一緒にお風呂に入るのは、心を許した人だけって決めてた。
だから……吉野くんだったから……勇気を出して、お風呂に向かったんだ。

とはいえ、全裸になるつもりはなかったんだけど。

「……恥ずかしい」

吉野くんに、全部見られちゃった。

それにそれに……吉野くんの裸も見ちゃった……

私と違って、男の子の身体だった。


「……どうしよう」


焦(あせ)りすぎた。急ぎすぎた……踏み込みすぎた。

お風呂を出たら、どんな顔をしてればいい？

どんな態度でいたら、吉野くんに変に思われないかな。

嫌われてないかな。はしたない子だって——いや、さっきの吉野くんの言葉、思ってるよね。

思い返せば、私、今までだって吉野くん相手に結構はしたないことをしていた気もする。


「私の、バカ……」

湯船にずるずると沈み込む。


本当に、どうしよう。

吉野くんに嫌わちゃってたら……どうしよう……

第六話　二人の距離と緊急事態

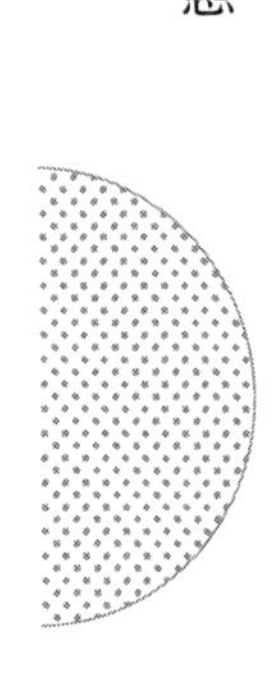

When I got to
remote class,
I had to move in with
the most beautiful girl
in my class.

五月の頭。

風呂の一件のせいか、俺と星川は少しギクシャクし始めた。

互いに、変に意識してしまったのだろう。少なくとも俺はそうだ。

女子とひとつ屋根の下で暮らしている。しかも、学校一かわいい美少女と……その事実について、改めて考えてしまった。

星川も、機械音痴のフリをし続けていたが、どことなくぎこちなくなった。

衣食住で必須の機械操作――クッキングヒーターや洗濯機など――については通常通りだった。だが、授業中は、

「吉野くん、あのね……えっと……」

「ん？」

「………ごめん。なんでもない」

こんな風に話しかけてきては、途中で止めてしまうことが増えた。

肉体的に接触してくることもなくなった。


正解だ。

もし今あんなことをされたら、普通に流せる気がしない。

どういう気持ちでやっているのかと追及してしまうだろう。そうなったら、きっともう、一緒にはいられなくなってしまう。


そんな風に二人の距離感がおかしくなって、数日。

四月も終わり、ゴールデンウイークも過ぎて一週間ほど……緊急事態宣言が出されて、一ヶ月ちょっとが経過したある夜のことだった。


『――緊急事態宣言を解除することといたしました』

星川とゲームを終えたテレビ画面。

そこに映し出されたのは、総理大臣のそんな宣言だった。

緊急事態宣言が解除された。

とはいえ、四十七ある都道府県のうち、三十九の県のみの話だ。

俺たちの住む東京を含んだ八都道府県では、宣言は継続・月末に解除する方針だという。

まだ半月ほど時間はあるが、感染状況によっては早めの解除もあるらしい。


そして俺が通っていた高校も住んでいた学生寮も、その解除に合わせて封鎖が解かれる……と学校からLIEN（リエン）経由で通達があった。

ようやく元の生活に戻れるのだ。


「……ってことで、寮生も来週から寮に戻れるらしい」

分かっていたことだ。
目に見えないウイルスに怯えて暮らすこの異常な日々も、やがていつかは平常に戻るって。
世界はそれを望んでいた。俺だってそうだ。高校に通って、外で遊べる……そんな普通の生活が戻ってくることを望んでいた。

星川とのこの不思議な同棲生活も、永遠に続かないことは分かっていた。
星川と一緒に暮らして、彼女のいろいろな顔を知った。
彼女の新しい顔を、もっと見たいと思った。

けれど、それももう、おしまいだ。
世界中で誰より一番近い場所で過ごす、星川との時間も……。

「……吉野くんは、寮に戻っちゃうの？」

どことなく元気のない声で星川が言った。

……彼女は俺を引き留めてくれるだろうか。

一瞬そんな期待が脳裏(のうり)を過(よぎ)ったが、振り払った。

「まあ、ずっとここにいるわけにもいかないしな」

「そっか……」

俺の言葉に、星川はそれ以上は何も言わなかった。

無言が続く。

……というか沈黙が長すぎる。

「あのさ、星川――」

何か言わないと……そう思って星川を見れば、ぼんやりした様子で黙り込んでいた。

だが、何か変だ。

「――……星川？　どうしたんだ？　その……具合悪そうだぞ？」

「ん？　うん。えっと……うん。ちょっと、だるくて……」

「え。悪い、気づかなくて……こんな話してる場合じゃなかったな」

「ううん。そんなことないよ。大事な話だし」

「ん……待て。熱あるんじゃないのか？」

「わかんない」

まだ検温していないらしい。

そこで星川に体温を測らせると、三十七度あった。

「星川、平熱は？」

「だいたい三十六度ないくらいかな」

「じゃあ熱あるじゃんか」

「あはは、本当だ……でも、微熱だし大丈夫だよ」

微熱だからって大丈夫とは限らない。

何せ、今はそういう状況下なのだ。

「星川、寝てたほうがいい」

「でも晩御飯……」

「星川は食欲あるのか？」

「ちょっとは」

「じゃあ俺が作るから」

「え。でも吉野くんは料理が」

「カップ麺以外も作れるようになりたいと思ってたところだ」

「……そっか。じゃあ、寝ておこうかな」


じゃ、と言って、星川は自分の寝室へ向かった。


風邪だろうか。

先日の風呂のせいかもしれない。もっと強めに言えばよかった。

でも、それができなかった。俺が、自分の欲望に抗えなかったから……だから、星川が体調を崩したのかもしれない。

確かな原因なんて分からない。

そうじゃないかもしれないけど、そうかもしれない。

……今は、見えないものが蔓延っている。

それを一緒に過ごす時間が楽しすぎて忘れてしまっていたんだ。慎重に過ごさなきゃいけないってことを。

「星川、大丈夫か？」


部屋に入ると、ベッドに横たわっていた星川が「ん……」と返事をしながら身じろいだ。

熱があるからだろう。

頬はほんのりと赤く、こちらに向けた目がとろんとしている。


「あ、吉野くん、待って……マスクする……」

「いいって。ずっと同じ空間にいたんだし、うつるなら、もうとっくにうつってるよ」


起き上がろうとする星川を制しながら、俺は彼女の枕もとに近づいた。

ある意味、このマンションの一室は閉鎖された空間だ。

寝室こそ違えど、一日に何度も顔を合わせて、肩を寄せ合って過ごす時間も多かった。そこでマスクを付けていなかったのだ。今さらだろう。

「吉野くんは、大丈夫？　具合、悪くない……？」

「俺はピンピンしてるよ。人の心配より、自分だろ。大丈夫？」

「ん……ちょっとだるいかな……あと、気持ち悪い」

「え、吐き気するとか？」

「ううん、そうじゃなくて……パジャマ、汗でびちゃびちゃになっちゃったから……」


星川の額に、前髪が少し貼りついている。

汗をかいている証拠だ。

布団の中とはいえ、このままだと身体が冷えてしまうだろう。


「星川、着替えたほうがいいんじゃないか？　軽くシャワーで汗流して――は、熱がある時はやめといたほうがいいのか」

「吉野くんが一緒にお風呂に入ってくれたら大丈夫かも」

「ごめんなさい、それは俺が無理です」

熱のせいか、星川が大変な提案をしてくる。

いや目隠しでもすれば……待て。それはいろんな意味で事故の予感がする。危ない。

「じゃあ、一人でお風呂行く……うー……」

「こらこら、無理すんなって。大人しくしとけ」

再び起き上がろうとして、星川はそのままベッドに沈み込んだ。

ちょっとしんどそうに浅く息をしている。

「そんな状態じゃ風呂なんて無理だし」

「でも、びちゃびちゃなままは嫌だなぁ……――くしゅんっ」

「あーうん、分かった。濡れタオル持ってくるよ。シャワーは無理でも、汗を拭けば少しはさっぱりするだろ。今日はそれで済ませよう」

「うん……そうだね。汗、拭く……うん……」

星川が同意したので、俺は一旦、彼女の元を離れた。

納得できないのか何やら考えていた様子だが、どのみちあの状態でシャワーは無理だろう。

タオルを水で濡らし、レンジで温める。何枚か用意したそれと乾拭き用のタオルを持って、俺は再び星川の部屋へと戻った。

「星川、タオル持ってきたよ……星川？」


返事がない。

まさか意識がなくなった？

一瞬そんな懸念が過ったが、杞憂だったらしい。


「すう……すう……」

「なんだ、寝てるだけか……」


枕元に近づけば、星川は布団もかけず、瞼を閉じて寝息を立てていた。

新しいパジャマがベッドの傍らに置いてある。俺が戻るまでに、クローゼットから取ってきてくれたようだ。

しかし、ちょっと動いただけで布団をかける間もなく眠りに落ちてしまう……それくらい体力が落ちているのだろうか。

心配しつつ、俺はどうしたものかと考える。

濡れタオルを用意してきたものの、本人が眠ってしまっては拭きようがない。

「……またあとで用意するか」

「ん……べたべた………拭いて……」

寝言にしてはやけにハッキリしている気がする。

「寝てる相手の身体を勝手に拭くのは、ちょっと」

「うう……風邪ひいちゃう……」

「…………星川、起きてる?」

「すう……」

なるほど、寝ているらしい……とは思わない。

これは恐らくいつもの〝フリ〟だろう。

こんな体調不良の時に、よく俺の反応で楽しもうなんて余裕が……と思ったが、逆か。

こんな時だから、前後不覚になっているに違いない。

頭のネジが、熱で何本か焼き切れているのだろう。だから、ここまで大胆になっているのだ。

普段の星川なら、たぶんここまではやってこない。

それに、風呂場での一件以降はなおのことだ。こんな星川はあの時以来である。


「……仕方ないな」


寒そうだったので、俺はそっと布団をかけてやった。

だが星川は、ぺいっ、と布団を拒絶した。

いやいや、なんだそれ……？


「んん……熱いよ……寒い……」

「どっちだよ」

「べたべた……くしゅっ」

「あーもう…………仕方ないな」

考えた末に、俺は星川の汗を拭いてやることにした。

星川の身体に目を向ける。

あまり見ないようにしようとしていたのだが、見ないことには拭きようがない。

汗を吸ったパジャマが、星川の肌にピタリと貼りついていた。

元からメリハリのある身体のラインが、くっきりと浮き出ている。

暴力的な胸の膨らみが描く曲線は地球の重力の影響を受けながらも、しっかりとその形を留めている。女子は寝ている時に下着を付けているのかと思ったが、どうやらパジャマの布一枚のみのようだ。

なぜ分かるのかというと、パジャマがはだけているからである。

というか、本来なら留まっているはずのボタンが、一つも留まっていない。

いや、待って？　なんで？

「っ……」

疑問と共に、思わず唾(つば)を呑(の)み込(こ)んでしまった。

星川の鎖骨から胸の谷間、みぞおちからへそを通って下腹部まで。

緩やかなカーブを描く、滑らかな肌色が見える。彼女が少しでも寝返りを打てば、いま布が頼りなく隠している部分も、あっさりと見えてしまうだろう。

星川が呼吸するたびに、豊かな白い双丘が布から零れ出そうになっている。


……これは、さすがに反則だろう。


この光景には、正直、俺の頭のネジも焼き切れそうだ。

とはいえ、星川をこのままにしていては体調を悪化させかねない。

俺は腹を括り、濡れタオルを手に取った。熱すぎないか温度を確認する。

「星川、拭くからな。拒否するなら今のうちだぞ」

「っ…………んう……」

返事をしない星川の肌にタオルを当てると、甘い声が上がった。

耳が痺れる。あの唇が紡いでいる声だ。

意識を持っていかれないように気を張りつつ、まず彼女の顔を丁寧に拭いて、そこから首筋をなぞり、胸の谷間からパジャマの下の隠れた部分へとタオルを進ませる。
肩、腕、脇の下、そして……

「…………………ふっ、ぁ……」

タオル越しでも、はっきりとそのやわらかさを手のひらに感じてしまう。
もし、直接触れたりしたら……そんな妄想が頭を過る。やめろそれ以上考えるな素数でも数えておけ、と己に言い聞かせる。何度か頭の中で自分を殺した。

そこから先の記憶は、あまりない。

気づいた時には、しっかりと星川の全身を乾拭きまでしてミッションを終えていた。
汗を吸ったパジャマは脱がせたはずだ。
だが、その際、俺は目を閉じていたのだろう。それも新しいパジャマに替えさせるまでの間、力の限りギュッと……まぶたに疲労感があるのはそのせいに違いない。

「よし、終わった……」

紳士的にやり遂げた達成感と安心感で、俺は思わず息をついた。

ふと、顔を上げた時だ。

とろけるような薄目でこちらを見ていた星川と、パチッと目が合った。

「あ、星川——」

「す……すう……すうう……」

声をかけた時には、星川はすでに目を閉じていた。

誤魔化すような、わざとらしい寝息を立てている。

顔は真っ赤なのだが、たぶんこの様子だと熱のせいではないはずだ。

まあ……俺もバツが悪いので、寝たふりだろう？　とは追及はしづらい。本当に寝てたんなら助かるんだけど。

「……星川、もう行くよ。おやすみ」

使用済みのタオルをまとめたのち、星川に布団をかけ直し、俺は何事もなかったかのように彼女の部屋をあとにした。

浴室で冷水をぶっかぶって頭を冷やしたのは言うまでもない。

◆

星川の体調は、悪くなりはしなかった。
だが、その代わりよくなりもしなかった。

例のウイルスが原因かどうかは分からない。
何せ検査をしていないのだ。分かるわけもない。

医者に診てもらうのが一番だろう。
だが、ネットで検索しても、近所に発熱患者を診てくれる病院がない。

ＳＮＳで情報を探す。省庁のサイトを確認する。

発熱が疑われる場合は保健所に連絡しろとあったので、保健所の相談窓口に電話する。

体温と、海外渡航歴、そのような人物と接触がなかったを訊かれた末に、言われたのは『自宅待機をお願いします』という無情な言葉だった。

病院を紹介してもらえると思ったのだが、どこも受け入れができないという。


……異常だ。

具合が悪かったら、熱があったら診てくれる。それが病院じゃないのか？

だが、そこで思い出す。今は異常事態が起きているのだと。

ちょっと前まで、当たり前に医療を受けられたのは、世の中が平常運転で回っていたからだ。

でも、もう世の中は大丈夫なんじゃなかったのか？

だから緊急事態宣言だって解除されるんじゃなかったのか――


――ぱん、と俺は自分の頬を両手で叩（たた）いた。

「……しっかりしろ、俺」

何が悪いとか、誰が悪いとか……考えたところで仕方がない。

今は星川の体調と、どうしたら改善するかを考えること。それ以外の疑問や不安や不満は後回しにしろ。


「星川、調子はどうだ？」


様子を見に行くと、星川はベッドの上で力なく横たわっていた。

顔が赤いし、目も潤んでいる。改めて訊くまでもなく、彼女の不調は明らかだった。


「ん……だるくて、眠いかな」

「あのさ星川。家族に連絡したほうがいいんじゃないかな」

「嫌」

「嫌って……なんで？」

「……家族に心配かけたくないの」

「連絡しないで悲しませるほうが嫌じゃないか？」

「それは……でも、嫌なの」

嫌、か。

でも、星川の家族は……そう、星川の家族なら……

「……あのさ、星川。日坂から聞いたんだけど、実家、病院なんだってな。お父さん、医者だって」

「……………うん。そうだけど」

「頼るのは、だめなのか？」

「私のことで迷惑かけたくない……お父さん、仕事忙しいの知ってるから」

仕事より、娘のほうが大事なんじゃないか……とは言えなかった。

だってそれは、幼い頃に星川が抱いた寂しさを否定することになるから。

それに息子の帰省を拒否った親を持つ身として、俺もそんなのは詭弁だって分かっている。

「悪い、星川。余計なことを言った」

「ううん……私こそ、ごめんなさい」

大事な話だが、体調が悪い彼女に負担はかけたくない。

そう思い、席を外そうとした時だった。

「吉野くん、あのね……私、お父さんが私を選んでくれなかったら、たぶん嫌いになっちゃうと思うの」

ぽつり、と星川が呟いた。

星川は『両親のことは尊敬している』と言っていた。

……でも、頼れない。

それは子供の頃に手放しで甘えられなかったせいかもしれないし、両親の事情を慮る物分かりのいい娘でいたせいかもしれないし、そうじゃないかもしれない。俺は星川じゃないから、そこまでは分からない。

親子関係についても、きっと微妙なバランスがあるのだ。

他人の俺には、それを壊すような真似はできない。

「分かった……ゆっくり休んでてくれ」

一言残して、俺は彼女の部屋を出た。

家族には連絡しておいたほうがいい……と俺は思う。

俺は家族に帰宅を拒否されたが、それでももし俺に何かあれば、連絡しておいたほうがいいと思う。不仲だとか他にのっぴきならない理由があるなら別だが、心配をかけたくないという理由だけなら、そうするべきだと思う。

でも、星川は家族への連絡を嫌がっている。

本人の意向を無視するというだけで却下だ。それ以上は、お節介で済まない。

けど、星川の身体を拭いたりするのは、俺じゃないほうがいいはずだ。

もっと気心の知れた相手のほうが、星川だって変な気を遣わずに済むだろう。

俺が頼れるとすれば、担任教師――は女性だけど、まず星川の親に連絡しちゃうだろうな。

となると、他には……

「……あいつしか、いないよな」

俺はスマホを手に取り、自分の部屋ではなく、脱衣所へ向かった。

ここなら、星川の耳には何も入らないからだ。

ＬＥＩＮのアプリを開き、日坂菜月のアイコンを探す。

日坂なら、星川が遊びにくることを許そうとしていた相手だ。心配はかけるかもしれないが、両親ほど微妙な関係ではないだろう。

そもそも日坂は、常日頃から星川の心配をしている人間である。星川がたとえ例のウイルスに感染していたとして、差別することもないはずだ。

それでも万が一、星川の望まないことなのだったら……許されないかもしれないけど、頑張って償おう。

あー……くっそ。胃が緊張でむかむかする。

落ち着こうと深呼吸を繰り返し、腹を括り……俺は一思いに通話ボタンを押した。

……俺だって、嫌だと思うよ。

星川との同居生活。一緒に過ごす時間。

日坂に助けを求めたら、きっと崩れてしまうって分かってるから。

こんなにおいしい思いをしてるのに、手放したいわけない。ずっとずっと、続けばいいと思ってる。世の中もこのままなら……そんな不謹慎な考えが頭を過ったことだって実はある。

だから、きっと罰が当たったんだ。

……でも、それなら対象が間違ってるだろ。星川は悪くない。

そうこう考えている間に、通話が相手に繋がった。

『……なんの用？』

不機嫌そうな、訝るような日坂の声。

思わず通話を切りたい欲に駆られたが、踏み止まった俺はすべて正直に話した。俺が星川と同居していること、星川が体調を崩したことを——

『死ね』

⬅

事情を話した俺に向かって、日坂が発した第一声がそれだった。

大好きな親友が、大嫌いなやつと同棲していたのだ。そう言いたくなる気持ちも分からんでもないので、甘んじて受け止めた。

『今からそっちに行く』

それが日坂の第二声だった。

「いいのか？」

『は？　何が？』

「いや……怖くないのか？」

『あんたは？』

「え？」

『怖い？』

「怖いって言えば、怖いけど……俺は、もう星川の濃厚接触者だし」

『言い方が気持ち悪い』

「なんでだよ」

『あんたなんかに任せておけないし、それに遥に何かあるほうが怖い』

言いたいことは山ほどあったが、いつもどおり黙っておく。

それに、日坂を頼ろうと連絡したのは俺である。

まだ星川の体調についてしか伝えていないが、どのみち力を借りようと思っていたのだ。

迅速に動いてくれるのは助かる。


『遥が心配だから……別に、あの子からだったらウイルスとかうつされてもいいし』

「俺が間接的にうつすって可能性も」

『あたしが部屋に入ったら息しないでくれる?』

「とんでもねー無茶を言うし、それ既に室内に俺の息が」

『気持ち悪い言い方しないでよね。きっしょ』


包み隠さない罵詈雑言に、思わず無言になってしまった。

と、日坂もさすがに悪いと思ったのか『冗談だし』と付け足してきた。

冗談にしては鋭利すぎるんだが、とりあえず流してやることにした。今は大事な話をしているのだ。俺の心の傷など後回しでいい。

『遥を起こしたくないから、あんたがあたしを部屋に入れて』

「わかった」

日坂との電話が切れる。

それから間もなく、日坂がマンションにやって来た。

◆

「遥は？」

「寝てる」

マスクをしたままの日坂と、星川の部屋に入った。

瞬間、日坂がギョッとした。

星川のパジャマがまたしても乱れに乱れていたからだ。

……しまった。先に入って、星川の様子を確認しておくべきだった。後悔してももう遅いのだが。


「あんたっ……こんな格好の遥を前にしてよく生きてられるな⁉」

「遠回しに死ねっつったな……」

「死ね」

「うん、直接言ったな」

「信じらんない。あんた、ここで一生分の幸運を使ったよ。宝くじとか買っても絶対に当たんないから」

「俺もそう思う。ソシャゲのガチャすら引いても当たらない気がしてる」

「あーもう……あんたのそういうとこ、調子狂うんだよなー……」


日坂のイライラが伝わりすぎる。

理由は分からないが、俺の態度がこいつを刺激しているらしい。これが星川の容体に悪い影響を与えないといいんだが……


しかし、幸いなことに星川はぐっすり眠っている。

俺が入室第一号だという星川からの話どおり、日坂も当然この部屋に入ったのは初めてだという。イライラしている日坂を相手に、俺は星川の様子や、家のどこに何があるのかを説明した。星川の看病に支障がないように。

「しばらくあたしがここに住む」


俺の説明が終わると、日坂はそう言った。

そう言うだろうな、と俺も思っていた。


「で、遥の様子見るから」

「ありがとう。俺からも頼む」

「……いや。頼むって、あんたは？」

「俺が手伝えることは」

「息をしないこと」

「だよな。じゃあ――」

「……だよな、じゃないっつーの……なに真に受けてんの」

「え？」

「なんでもない。で？」

「ああ……診てくれる病院がないか、探してくる」

「探すって……どうやって？」

「脚で」

もちろんネットで検索はしてある。

けど、近所の病院やクリニックは、情報が更新されていないところがほとんどだった。

そう。インターネット上の情報は、必ずしもリアルタイムを反映しているわけじゃないのだ。

なら、

「もしかしたら、実は灯台下暗しってこともあるかなって……星川には実家を頼るのは拒否られてるし、あと俺が星川の迷惑にならない範囲でしてやれるのは、それくらいかなと」

「それくらいって……あんた、怖くないの？　外、出歩くの」

「日坂がそれ言うのか」

「……人を常識ないみたいに言うのやめてもらえる？」

「いや、そうじゃなくて……日坂、ここまですっ飛んできてくれたじゃんか」

「それは…………………まあ、遥のためだし」

「日坂にできて、俺にできないわけがない」

「ちょっと、喧嘩売ってんの？」

「いや別に」

売ってるかもしれない、と思った。

俺のほうが星川のことを想ってるって、そう誇示したいのかもしれない。

「でも、遥、別に感染してないかもしれないんでしょ？　それだったら、あんたがほっつき歩いた結果、ウイルス持ち帰る可能性もあるじゃん」

「それに関しては大丈夫」

「なんでよ？」

「ああ……えっと、」

そこまで言った瞬間、思わず頭を過った。

今ならまだ引き返せるんじゃないかって。

星川とのこの同居生活を本当に手放していいのかって。

日坂と協力して星川の看病をしてもいいんじゃないかって。

——黙れよ。

いいわけないだろ。
俺がいたら、日坂の看病の邪魔になる。そういうピリピリした空気が、体調の悪い星川にとっていいわけがない。ストレスは万病のもとだっていろんなところで聞くし。

それより何より……俺がいれば、星川が俺に気を遣う。

俺に元気な姿を見せようとする。
熱に浮かされていても、無意識でも、俺を誘惑しようとする。
そんなのが身体にいいわけがない。大人しく休んでてもらわないといけないのに……

……なのに、何を躊躇(ためら)ってんだよ。

俺は、どれだけ星川に甘えればいいんだ。

甘えたぶんの一割でも、ここで返すべきだろ。だから、

「……ここ、出てくから」


ダサい自分を振り切って、告げた。

葛藤してる時点でダサいが、後悔したところで遅い。そこは諦める。


そんな俺の言葉に、日坂はぽかんとしていた。

そうして何度か目を瞬いたあと、眉間に皺を寄せ、腕を組んだまま首を傾げた。


「えっと……ここを、出てく？　あんたが？」

「ああ。あ、もちろんマスクはしとく。もし星川が感染してたとして、俺から外の人にうつしたりもしたくないし」

「いや、あんたがうつされるのを心配しろ――って、そうじゃなくて」

「じゃなくて？」

「あんた、住むところは？　学校の寮に住んでたって言ってたけど、確かまだ再開してないでしょ？」

「ああ、まあ……それはなんとかするよ。どうせ来週には再開されるんだろうし。数日くらい、野宿でもどうってことないって」

「野宿って、マジか……」


日坂が引いている。

まあ、日坂に野宿は無理だろう。これで黙ってればかわいい女子だ。事件になりかねない。


「数日、野宿してたやつを受け入れる寮も迷惑じゃない？」

「それは、検査して陰性証明とやらを貰えばいいかなって」

「授業はどうすんの？」

「寮に戻れるまでは欠席かな。担任には連絡しておくつもりだ」

「そう……」

「それより、もし家族呼ぶことになったりした時、俺がいると星川に迷惑かかるだろうし。それに、日坂の寝るところだって必要だろ？」

「まあ……」

「布団は一応、干しておいた」

「あ、ありがと」

「もし診てくれる病院が見つかったらすぐに連絡する。それと、何か俺に手伝えることがあれば、そっちからも連絡してくれ。必要なものがあれば買ってくるし……なんでもするよ」

「なんでも？」

「それくらい、星川には恩を感じてるんだ」


本当は、あの日から公園で野宿生活が始まってたかもしれない。

けど、そんな俺を、星川が助けてくれた。

あの世界で一人きりみたいな夜に。

実は心細くてたまらなかった時に。

拾って、立派な家に入れて、暖かな寝床をくれて、美味いものを食わせて……この一ヶ月半、一番近くにいてくれたんだ。

「だから、星川を頼んだ。よろしくな、日坂」


俺はそのまま外に出た。

大したことじゃない。このマンションの一室に来た時と同じだ。むしろ制服姿じゃないだけ外で動きやすい。

ただ、やけに後ろ髪を引かれるような気持ちだった。

星川と二人きりの、あの空間が心地よかったからだろうか。
それとも星川の体調が心配だからか。

……たぶん、どっちもだ。

◆

星川のマンションを出たあと、俺は診察可能な病院を探して街中を歩きまくった。

むやみやたらと、というわけではない。
ある程度の目星はつけてマンションを出てきたのだ。しかし、

「全部だめとか正気かよ……」

俺は、思わず道端で夕空を仰いだ。

どこもかしこも発熱患者を受け入れていなかった。入口に『発熱している方はまず最寄りの保健所に連絡を』などと書かれたポスターが貼ってあるのだ。

……これは、この街だけの話なのだろうか?

患者数が増加して医療が逼迫（ひっぱく）している、とはニュースで知っている。

だから措置として仕方ないのかもしれない。けど、これまでは熱が出ているからこそ来る場所だったはずだ。熱を出してる人が来院してからあのポスターを見たらと考えると、かなりしんどい。


そんなわけで歩けども歩けども、俺は星川を助けるための成果を何も得られなかった。

しかし、その晩のことだった。


『遥、実家の病院に入院できることになったから。安心して』


日坂から俺のＬＩＥＮに朗報が届いた。

どういう経緯でそうなったのかは分からない。

けど、日坂の『安心して』という言葉を俺は信じることにした。星川と連絡を取りたかったが、入院しているなら……とやめておいた。

それからの三日間、俺はあの公園で野宿をした。

三日もいればさすがに……と思ったが、意外と補導されなかった。ウイルスを怖がってのことだろうか。以前よりもずっと人通りがないので、通報する人もいないからかもしれない。

時折見かけるのは、散歩やランニングをしている人くらいだ。ランニングコースを外れたところにあるこのベンチまでは、彼らの目も届かないのだろう。

星川に会った夜より季節は少し進んでいて、現在は五月の半ば。気候的に昼は少し暑いが、夜は先月よりも過ごしやすい。幸い、雨も降らなかったし。おかげで、三日三晩の野宿に成功してしまった。人間は案外図太く生きていけるようだ。

しかし、さすがに疲れた……

一日目の夜、ベンチという小さな寝床で寝返りが打てず、背中を痛めた。

じゃあ……と二日目の夜はベンチ裏の草むらに寝転がったが、地面が思ったより硬くて、もっと痛めた。

三日目の夜は、ベンチに戻った。

そうして現在、そのまま朝を迎えたわけである。


朝日がまぶた越しに眼球を刺す。

目を開けるのすらもだるい。これは恐らく風邪ではなく、野宿により肉体を酷使した結果だろう。でも、頑張れ俺。あと三日もすれば学生寮が再開するはずだ……

……うん。もう今日はここでずっと横になっておこう。

警察とか、誰かが見つけて捕まえてくれたら、むしろラッキーってことで――


「――捕まえた」

聞き覚えのある声がすぐ近くから聞こえた気がして、重たいまぶたを開けた。

目の前に、星空が広がっている。

朝なのにおかしいな、と思ったが、それも当然だ。

鼻先が触れるくらいの距離にあったのは、星川の顔だった。星空だと思ったのは、いつも吸い込まれそうになる彼女の瞳だったらしい。

マスクを付けているが、この美少女は見間違えようがない。

「星、川……――なんで？　実家の病院に入院したんじゃ……？」

「検査入院ね」

日坂からのＬＩＥＮ内容を思い出す。

入院としか書いていなかった気がする……が、あの日坂に丁寧な連絡を期待するのが間違いである。俺が詳細を訊けばよかった。

「どこか問題があったとか？」

「ううん。別に必要なかったのに、ちょうど今はまだ病床にも余裕があるから、埋まる前に人間ドック受けさせようって」

「ああ、それで検査入院か」

「そう。お父さんが過保護を発動しちゃって」

　やれやれと肩を竦めた星川は、しかしどこか嬉しそうだ。

　父親との微妙な関係が、少しだけ変わったのかもしれない。

「あ！　例のウイルスには感染してなかったよ。陰性だった……まあ、感染自体はしてたんだけどね。細菌に」

「細菌？」

「そう。自分の身体にもよくいる常在菌に日和見感染しちゃったんだって。最近、外に出てなかったし、ちょっと体力とか免疫力が落ちてたのかも……あ。同じ空間で生活してて発症してない人は気にしなくても大丈夫だろうって」

「それは、もうよくなったのか？」

「うん。あのままだったら少しまずかったみたいなんだけど、菜月と吉野くんのおかげで抗生剤を使えたから大事には至らなかったみたい」

「そっ、か……よかった……」

びっくりして、いつもだったら跳ね起きてただろう。

でも、今日は無理だった。

身体が重力に完敗している。背中がベンチにへばりついてしまったのかもしれない。安堵の脱力も加わっている。


だから覗き込まれる形のまま、俺は星川と見つめ合うことになってしまっていた。


「あの……星川。近いんですけど」

「うん。近いね」

「っていうか、近すぎると思う」

「私はまだ遠いと思うけど」

「これで遠いとか、じゃあ星川の言う近いって」

「これくらいかなぁ」


そのまま抱きしめられた。

温かい、人のぬくもりが、服越しに伝わってくる。

「よかった……吉野くん、ベンチで倒れてるから心配した」

「前も同じ体勢だったと思うけど」

「あれは吉野くん、横になってすぐだったじゃん」

「……なんで知ってんの？」

「知らない」


星川がギュッと腕に力を込めた。

その瞬間、何だか目の奥がじわりと熱くなった。緊張の糸が切れたらしい。

野宿なんて平気だと思っていたのに、案外ダメージを負っていたようだ。目に涙の膜が張る。

それが目から落ちないように、俺はぐっと堪えた。情けない姿を見せて、星川に心配させたくない。


「これでも、私的には、まだちょっと遠いんだけどな……」

星川が耳元で呟く。

密着しているこの状態より近いって、どんな距離感だろう……そう考えていると、星川が身体を起こした。俺の勘違いでなければ、名残惜し気な顔だった。

「ほら、帰ろ！　私、吉野くんを迎えに来たんだから！」

立ち上がった星川に手を引かれて、俺もベンチから立ち上がる。

「え、帰るって……でも、日坂が――」

「菜月はもう帰ったよ」

「撤収早くね……？」

「まあね」

星川が意味深に微笑んだ。

日坂がさっさと帰った理由が、なんとなく分かった気がした……あいつは星川の言うことならよく聞くからな。

「帰ったら、もっと近づいちゃお」

「え？」

「なんてね」

やっぱり俺の反応を見て楽しんでるのには違いないようだ。

でも、そうなると疑問が深まる。

星川は俺のことが好きなのだろうか？

からかってるわけじゃなくて、恋愛感情的な意味で……

◆

マンションに帰り着いたあと、俺はさっそくシャワーを浴びた。

星川の生活空間に戻る前に、三日分の汚れを落とさねばならないと思ったのだ。

洗ったあとで、己の皮脂や、公園で晒（さら）された土埃（つちぼこり）に、どれだけ自分が汚染されていたか気づく。さっぱりした。

けど、これはあくまで身体の外側の話だ。

「吉野くん、なんでずっとマスクしてるの？」

風呂上がりの俺の顔を見て、リビングで待っていた星川が目をぱちくりさせた。

そう言う星川もマスクをしているのだが。

「三日間ずっと外にいたわけだし、例のウイルスを拾ってるかもしれないからと思って……」

「気にしなくていいのに」

星川はそう言ってくれたが、これは俺の信条の問題だ。

寮が再開するまで、俺は再び星川のマンションに住ませてもらうことになった。ありがたいが、迷惑はかけたくない。星川が感染していなかったのなら、なおさらだ。俺が外から例のウイルスを持ち込んだりしたら、目も当てられない。

「星川こそ、外さないのか？」

「外してもいいかな……？」

「だって、星川は検査も陰性だったんだろ？」

「そうだけど、吉野くんが嫌かなって思って」

「俺は別に嫌じゃないよ」

「でも、吉野くんは外さないんだ？」

「俺がうつされるならいいけど、俺から星川にうつしたら嫌だからな」

「吉野くんは真面目(まじめ)だね」


そう言って、星川が近づいてきた。

思わず後ずさってしまう。


「あの、星川……近づくのも、ちょっとやめておいたほうが……」

「どうして？」

「マスクは予防効果、完璧(かんぺき)じゃないらしいし。星川、病み上がりだし。俺から何かうつったらヤバいと思うんだ」

「吉野くんからうつるとも限らないもん。実は病院からの帰り道とかで、もう拾ってるかもしれないよ？」

「それは……」

「だから、吉野くんは気にしないで。私は気にしないから」

「と、言われても」

じりじり、と近づいてくる星川に合わせて、じりじり、と俺も後退する。

と、背中が何かに当たり、進めなくなる。壁だ。

「んー、しょうがない……最初は、吉野くんから誘いに乗る形で来て欲しかったんだけどな」

独り言のように呟いて、星川は俺との距離を一気に詰めた。

思わず後ずさろうとして、背後の壁に阻(はば)まれる。

星川の細い指が俺の肩に触れて、背伸びするように体重を預けて、その綺麗(きれい)な顔を近づけてきて、
彼女は、俺に、マスク越しのキスをした。

反射的に息が止まる。頭が真っ白になる。

何となく予感はあったのに、しばらくそのまま動けなかった。今までで一番……抱きしめられるよりも近い距離に、星川を感じる。

「…………これで、もううつっちゃったかもよ？」

マスクを下げ、頬をほんのり赤く染め、星川が小首を傾げて言った。

どきどきしながら、止めていた息を努めて静かに吐きだしながら、俺はそれでも星川の言葉の意味を考える。確かに、今の行為で何かをうつしてしまったかもしれない。感染の予防効果が完璧じゃないと言ったのは、俺のほうだし……

「……でも、うつってないかもしれないから、まだ外さない」

「吉野くん強情だなぁ」

星川が呆れたように苦笑した。

俺も強情だと思う。頑固だとも思う。

理性的でもなければ、論理的でもないかもしれない。

けど、星川には元気でいて欲しかった。

少なくとも、俺と一緒にいるせいで体調を崩して欲しくはない。もう、あんなつらそうな顔を見たくなかった。

「……でも私、吉野くんのそういうところ、嫌いじゃないよ」

肩を竦めた星川が、ため息交じりにそう言った。

俺を見つめて、優しく微笑んでいる。

「悪い」

「そのうち、外してね」

「その前に寮に戻れそうだけどな」

緊急事態宣言が明けたら、学校も寮も以前と同じように再開される。

だから、星川は俺を家に住ませてくれなくともよくなるのだ。

「まだ、どうなるか分からないでしょ？」

と、星川が、なぜか拗ねたように唇を尖らせて言った。

どうなるかと言っても、もう三日後には緊急事態宣言が解除される。もう国のお偉いさんたちから発表があったのだ。どうにもならない。


「吉野くん、うち、快適じゃない？　寮よりよくない？」

「そりゃあ当然」

「うち、吉野くんが寮に戻ったら、一部屋また余っちゃうんだよね」


星川が、上目遣いでそう囁く。

目をキラキラさせて、俺が乗ってくるのを待っている。

抗いづらい甘い誘惑だ。だが、

「……再開し次第、寮に戻るよ」


俺はそう答えた。

星川の誘いに乗って、これ以上ここに住んで、彼女と四六時中ずっと一緒にいて、それで平常心を保てる自信がなかったから。俺をからかう星川に、きっとそのうち手を出してしまう。欲望のままに襲ってしまう、かもしれない。

それで星川に拒否されたら……たぶん、お互いに一生消えない傷を負う。

それだけは避けたかった。

だって、さっきのキスで、はっきりと気づいてしまったんだ。

……俺は、星川のことが好きなんだってことに。

マンションへ戻ったその日のうちに、俺は日坂のＬＩＥＮにメッセージを送ることにした。

「『いろいろありがとうございました』と……って、うわっ⁉」

メッセージを送った次の瞬間に、スマホが着信音を上げ始めた。

日坂からである。

反射的に無視しようとしてしまったが、今はむしろ話がしたかった。

『あ、生きてたか』

開口一番、日坂が言ったのはそれだった。

「まるで生きてちゃいけなかったみたいな言い方だな」

『そんなこと全然言ってませんけど』

「あ、そう……で、なんで通話？」

『文字打つのめんどくさい。通話のほうが早いし』

「なるほど…………あのさ。ありがとう、日坂」

『はあ。どういたしまして』

むっとした口調のまま、日坂はそう言った。それから、

『……吉野には、教えたくないんだけどさ』

一呼吸置いたあと、日坂は急に神妙な様子で話し始めた。

下手なことを言うととんでもない罵声と悪口のコンボに見舞われそうなので、黙って耳を傾けることにする。

『遥……あの子、あんたと一緒にいたいからって、実家に連絡したくなかったみたいよ』

「……は？」

『あんた、住むとこなかったらしいじゃん。親にバレたら一緒に住めなくなるって』

「それはそうだけど……いやでも、もう寮に戻れるし。そもそも俺のことなんて星川が気にしなくていいことで──」

『だるっ！』

「えっ、怖……」

『は？　誰が怖いって？』

「いいえ、なんでもないです」


日坂お前だ、お前が怖い。

だが、殺気がやばくて何も言えない。


「っつーか、だるいってなんだよ。まさか、お前も具合悪いとかないよな？」

『違うわバカ』

「バカとか言うなよ。言われんでも自分のバカさ加減ならよく分かってるわ」

『分かってないから言ってるんだけど……同情する』

「お、おう……なんかすまん……」

『あんたじゃなくて、遥に同情してんの！　……はぁ。こんな男のどこがいいんだか。本当、理解不能』

「なんの話だよ？」

『自分で考えろバカ』


またバカって言われた。

けど、言われる理由は分かってる。

それはきっと、俺がもう星川への好意を自覚しているのに、まだ気づいていないフリをしているからだ。よかった、日坂にはバレていないらしい。


「あ、そういえばさ。星川の入院って、日坂が実家に連絡してくれたとか？」

『遥が自分で電話してたけど。あんたが出てったから』

「俺……？」

『早く治せば吉野くんが帰ってこられるから、って』

「星川、実家には連絡したくないって言ってたのに……そっか。結局、星川に気を遣わせるだけで、俺はなんにもできなかったな」

『あんたはよくやったと思う』

急に褒められた。

びっくりして声を出せずにいると、それを知ってか知らずか日坂が話し続けた。

『あんたが動いて、それで遥が自分から親に電話したからよかったんだよ』

「はぁ……日坂に言われると、なんか気持ちいいな」

『あんた、やっぱ気持ち悪いわ……』

「褒めて通話終わってくれてもいいと思うんだけど」

『嫌だね』

んべ、とわざわざ声にして、スマホの向こうで日坂は舌を出したようだ。

見えないけど、こいつの仕草はなんとなく想像が容易い。

「……あの、ところで日坂サン」

『なに、畏まって？　ますます気持ち悪いんだけど』

「ええとですね。俺と星川の同棲のことは他言無用でお願いしたく……」

『言うわけないでしょ』

「さすが話が分かる」

『遥の名誉のためにも言えるわけないし』

「あっ……そっすね……」

『せいぜいバレないように努力してよね』

「……同棲は許してくれんの？」

『許可するのは、あたしじゃなくて遥だし。許したくはないけど』

「デスヨネ」

『こっちはあんたのせいで追い出された』

「あーはは…………悪い」


公園での星川の意味深な微笑み。

あれはやはり、星川が日坂に早く帰るように言い含めたのだろう。

俺なんかのために親友同士の関係にひびが入らないといいな……そう思ったのだが、

『……遥となら、あたしが同棲してもいいんだけどな』

どうやら杞憂だったらしい。

日坂はこんなことでは揺るがないくらい、星川のことが好きなようだ。

『ムカつくけど、しょうがないって分かってるから。あんたと住むのが遥の希望だし』

「……悪い」

『じゃあね。あ、遥に手を出したら潰すから』

「だから怖えって――……切りやがった」

スマホを見ると、通話オフになっていた。

日坂に何を言われるのだろうと身構えていたのだが、酷いことを言われずにホッとした。

なんなら今までで一番まともに会話をしたような気がする。

日坂との距離も少しは近づいたのかもしれないな。

……まあ、多少の接近は誤差ってくらい、あいつとの距離は遠いわけだけども。

「エピローグ」

それは、俺が学生寮に戻る前夜のことだった。

テレビに映った総理大臣が、疲れた顔でその言葉を読み上げる。

『本日、緊急事態宣言の延長を決定いたしました』

「マジか……」

ニュースを見ながら、思わず口にしてしまった。

感染状況を鑑みての延長とのことだった。

もう今度こそ解除になると思っていたのだが、まだ当分、この異常な日常は続くらしい。

とはいえ、俺の学生寮への帰還は変わらないのだが……

その時、スマホにＬＩＥＮから通知があった。

高校からの連絡だ。

しかも、学生寮についての……

「……は？　え、嘘だろ？」

「どうかした、吉野くん？」

スマホ画面を睨んでいた俺の様子を不思議に思ったのだろう。

星川が心配そうに顔を覗き込んできた。

今日も相変わらずかわいいな……じゃなくて、

「その、学生寮も閉鎖延長だって」

「え……それって……じゃあ、吉野くんは……」

「寮に戻れなくなった」

俺がそう言った瞬間、星川はパッと笑顔に――なりかけてやめた。

不謹慎だと思ったのだろう。

けど、この反応に俺は救われた気持ちになった。

だって、どのみち実家には帰れないのだ。となると、

「星川」

「うん」

「あの、申し訳ないんだけど」

「一部屋、余ってるんだよね」

「……住ませてもらってもいいですか？」

「もちろん♡」

頷いた星川が、今度こそパッと笑顔になった。

初めて素直に星川の誘いに乗った気がする。

こうして、俺と星川の同棲も延長することになった。

この新しい生活がいつまで続くのかは……まだ、誰にも分からないのだった。

あとがき

これを読んでいる皆さんは、今どんな日常を送っていますか？

私がこれを書いている現在は、緊急事態宣言が出るかもしれないし出ないかもしれない、そんなニュースが流れているところです。

発売のタイミングではどうなっているだろう？

そう思いつつ、考えても未来のことなど私には分からないので、今日も今日とてウマ娘さんを育てています。


はじめまして。

あるいは、またお会いできて嬉しいです。三萩（みはぎ）せんやです。

ＧＡ文庫さんでは新人賞受賞のデビュー作ぶりの刊行になります。

間が結構開いてしまったので、初めてお手に取ってくださった方が多いでしょうか。

最近は一般文芸やキャラクター文芸方面で書かせていただいておりました。入試問題にも使っていただいたりしていたので、テスト中にお会いした方もごく稀にいらっしゃるかもしれません。

ありがたいことにご縁に身を任せるまま作家業をさせていただいていたわけですが、ライトノベルレーベル様からの出版は、気づけばかなり久しぶりになっていました。なので、こうして無事に出版できてホッとしています。

このたび出版が叶ったのは、担当さんからのお声がけあってのことでした。

担当編集のみっひーさん。また作品でご一緒できて嬉しいです。
このジャンルからしばらく離れていたこともあり勝手を忘れておりましたが、デビュー時以上の手厚いサポートをいただき大変助かりました。
世の中が落ち着いたら、ぜひ焼肉かアフタヌーンティーでも行きましょう。選択肢の振れ幅がすごくても、きっとついて来てくださると信じています。断る？　だめです。

イラストをご担当いただきました、さとうぽて先生。
多忙なスケジュールの中、素晴らしいイラストをありがとうございました。

ヒロイン・遥がびっくりするほどかわいくて、ラフをいただいた瞬間から魅力に引き込まれました。当初は真面目一辺倒のヒロインだったのですが、先生のイラストからかなり影響を受けて現在の仕上がりになりました。キャラクターに命を吹き込んでくださって感謝です。先生は多才なことに最近Vtuberとしてもデビューされたので、読者の皆様はぜひチャンネルをチェックしてみてくださいね。

ＧＡ文庫編集部様を始め、出版に携わってくださった皆様。

世の中がなかなか安定しない大変な時期に御尽力くださり、ありがとうございました。

直接お礼を伝えることはなかなか叶いませんが、いつか恩返しができる作家になれるよう頑張りますので、今後ともよろしくお願い致します。

そして、読者の皆様。

数多の作品が並ぶ中、本書をお手に取ってくださり、誠にありがとうございます。

本作は『ニューノーマル』という言葉が出てきた頃に立ち上げた企画です。

出版までには若干のタイムラグがあり、それまでに『リモート』の概念が消えるかもしれないなとも思い筆が鈍った瞬間もありました。しかし、あとがき執筆中の現在、ちょうどリモート授業中の学校もあるようで、本当に未来は分からないなと実感しています。

そのような背景もあり、本原稿の執筆は、特に不本意にも学校生活がリモートになってしまった学生の皆さんや、在宅での勤務を余儀なくされた社会人の皆さんのことを考えながらさせていただきました。

本当にお疲れ様です。

なかなか落ち着かない状況下で、それでも日々頑張っている皆様の元気に少しでも繋がれば、この作品を送り出した意味があったのかなと思います。

どうか楽しんでいただけますように。


それでは、皆さんの健康と幸せな日常を願って。

三萩せんや

ファンレター、作品の
ご感想をお待ちしています

〈あて先〉

〒106－0032
東京都港区六本木2－4－5
SBクリエイティブ（株）
GA文庫編集部 気付

「三萩せんや先生」係
「さとうぽて先生」係

本書に関するご意見・ご感想は
右のQRコードよりお寄せください。

※アクセスの際や登録時に発生する通信費等はご負担ください。

https://ga.sbcr.jp/

リモート授業になったら
クラス1の美少女と同居することになった

発　行　　2022年3月31日　初版第一刷発行
著　者　　三萩せんや
発行人　　小川 淳

発行所　　SBクリエイティブ株式会社
〒106−0032
東京都港区六本木2−4−5
電話　03−5549−1201
03−5549−1167（編集）

装　丁　　AFTERGLOW

印刷・製本　中央精版印刷株式会社

ISBN978-4-8156-1214-6

Printed in Japan　　GA文庫

試読版は
こちら!

好きな子にフラれたが、後輩女子から「先輩、私じゃダメですか……？」と言われた件2

著：柚本悠斗　画：にゅむ

GA文庫

鳴海先輩に告白し、略奪してでも恋を叶えると決意をしてすぐのこと。夢であるドラマ制作を進めるには、もう一人女優が必要だと判明する。

でも、そう簡単に見つかるはずはなく頭を悩ませていたある日――。私たちの前に現れたのは、現役女子高生女優の小桜澪だった。

雨宮先輩だけじゃなく、小桜先輩にまで夢中になる鳴海先輩、正直嫌な予感しかしない……だけど何人ライバル現れても関係ない。私は私のやり方でこの恋を成就させる。最後に鳴海先輩と結ばれるのは絶対に私なんだから。

恋する女の子は一途で素直で、恐ろしい――ピュアでひりつく略奪純愛劇、波乱の第二弾。